# CORRESPONDANCE INÉDITE

DE

# L'EMPEREUR ALEXANDRE

ET DE

# BERNADOTTE

PENDANT L'ANNÉE 1812

PUBLIÉE PAR X.

PARIS

LIBRAIRIE MILITAIRE R. CHAPELOT ET Cie

30, RUE ET PASSAGE DAUPHINE, 30

1909

# CORRESPONDANCE INÉDITE

DE

## L'EMPEREUR ALEXANDRE

ET DE

## BERNADOTTE

PENDANT L'ANNÉE 1812

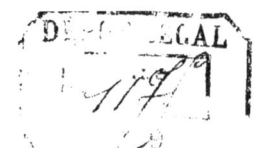

# CORRESPONDANCE INÉDITE

DE

# L'EMPEREUR ALEXANDRE

ET DE

# BERNADOTTE

## PENDANT L'ANNÉE 1812

PUBLIÉE PAR X.

PARIS

LIBRAIRIE MILITAIRE R. CHAPELOT ET C$^{ie}$

30, RUE ET PASSAGE DAUPHINE, 30

1909

# PRÉFACE

Au moment où les Suédois choisissaient Bernadotte comme futur roi, il était tombé auprès de l'Empereur Napoléon dans une disgrâce complète; en 1809, il lui avait successivement retiré le commandement du corps saxon et du corps de Flessingue. L'Empereur trouvait à ce maréchal des talents médiocres, une vanité excessive et un grand penchant à l'intrigue. A l'en croire, il avait toute une liste de griefs contre lui. Il avait manqué lui faire perdre la bataille d'Iéna; il s'était médiocrement conduit à Wagram ; il ne s'était pas trouvé à Eylau, lorsqu'il aurait pu y être, et n'avait pas fait à Austerlitz ce qu'il aurait pu faire. (1)

L'élection de Bernadotte comme prince royal lui fut certainement très désagréable, et il tint à ce que son mécontentement ne demeurât pas ignoré; dans une audience, il l'exprimait ouvertement à Tschernitchef : « Il lui aurait bien plus convenu de voir la Suède suivre fidèlement le système convenu et rester telle qu'elle était, que d'y voir régner un de ses maréchaux qui n'était pas son parent; que cela tournait la tête à tous les autres, qui tous croyaient avoir des droits à des

(1) *L'Empereur à Fouché*. Schœnbrunn, 11 septembre 1809. *Cor.* 15.787.

1

couronnes » (1). Le langage du maître était encore accentué par M. Alquier, ambassadeur de l'Empereur à Stockholm; dans la capitale même du prince, « Il s'expliquait sur son compte d'une manière tout à fait inconvenante »; il le traitait de bon diable, de bonhomme non dénué de moyens, mais qui avait une tête du midi et des « idées volcaniques ». L'Empereur Napoléon « ne faisait pas un cas infini de la personne du prince »; ne s'étant pas mêlé de son élection, il n'avait aucun intérêt à le soutenir, et ne pouvait pas en sa faveur modifier ses grandes conceptions (2). Ces propos, ainsi que les mauvaises dispositions de l'ambassadeur envers sa personne, étaient connus de Bernadotte; lui aussi se livrait à d'étranges confidences; il se vantait au même Tschernitchef de n'avoir pas profité des difficultés de l'Empereur, en 1809. Il n'avait tenu qu'à lui de réussir à faire éclater une guerre civile « qui peut-être, pour le bonheur de l'Europe, aurait mis l'Empereur Napoléon dans le plus cruel embarras » (3).

La situation s'envenimait de plus en plus entre les deux cours, pendant les années 1811 et 1812; le jour où l'Empereur ordonnait l'occupation de la Poméranie suédoise, la rupture devenait définitive. Bernadotte s'adressait alors à l'Empereur Alexandre, comme à son sauveur : « Au milieu de ce deuil universel, lui écrivait-il, le regard des hommes se tourne vers votre Majesté. Déjà, il s'élève et vous contemple, Sire, avec la foi de l'espérance » (4).

(1) *Tschernitchef à l'Empereur*, 1810. *Recueil de la Société d'histoire de Russie*. Tome XXI. Page 12.
(2) *Tschernitchef à l'Empereur*, 1810, 17 décembre. *Recueil de la Société d'histoire de Russie*. Tome XXI. Page 33.
(3)    —    id    —    Pages 42-43.
(4) *Bernadotte à l'Empereur Alexandre*, 1812, 6 février. Page 1.

L'Empereur Alexandre acceptait avec enthousiasme l'allié qui s'offrait à lui ; flattant l'excessive vanité du prince, il répondait par des louanges hyperboliques à celles qu'il avait reçues de lui. Il lui était réservé de marcher sur les traces de Gustave-Adolphe « d'achever ce qu'il n'avait pu que commencer ». Et à cette œuvre politique d'en joindre une autre, beaucoup essentielle encore : « celle de faire renaître les idées libérales en Europe, de la préserver de cette barbarie à laquelle elle marche à si grands pas, celle enfin de tourner la conception au bonheur de cette malheureuse humanité oppressée si impitoyablement depuis tant d'années » (1).

Le 5 avril, les deux puissances signaient un traité d'alliance : dans la grande lutte qui se préparait, Bernadotte se rangeait parmi les ennemis de la France.

Le 18 mars, consulté par Tschernitchef, il lui exposait ses idées sur la manière dont la Russie devait conduire la guerre contre la France. « Son intérêt, lui disait-il, est de tirer la guerre en longueur, puisqu'elle le peut, et Napoléon, pas ; qu'il ne fallait que le moins possible donner au hasard ; que, par conséquent, il fallait éviter de grandes batailles et plutôt tout ce qui en est susceptible, réduire (sic) à guerre de partis. Qu'en un mot, il faut travailler les esprits le plus, et se battre en ligne s'entend, le moins qu'on peut » (2). Cette dernière phrase retrace par avance la méthode de guerre de Bernadotte en 1813.

Aucun cabinet d'Europe ne croyait plus à la fidélité de l'Empereur Alexandre à tenir ses engagements, ni à

(1) *L'Empereur Alexandre à Bernadotte*, 1812, 10 mars. Page 3.
(2) *Tschernitchef à l'Empereur*, 30 mars 1812. Tome XXI. Pages 425-429.

son attachement aux principes dont il faisait si grande ostentation.

L'Empereur Napoléon lui-même, n'avait-il pas lancé cette apostrophe sanglante au général Schouvalof : « Qui croira dans l'Europe à l'intérêt que l'Empereur Alexandre témoigne au duc d'Oldenbourg, lui qui a ôté la Finlande à son beau-frère, Bialyslock et Tarnapol à la Prusse et à l'Autriche qui ne lui avaient rien fait » (1).

Aussi, Bernadotte recommandait-t-il à l'Empereur Alexandre de ne pas se décourager « qu'en cas de revers, il faut de la persévérance. Que dut-on se retirer derrière la Dwina, fut-ce, pourtout dire, jusqu'à la Néva, pourvu qu'on persévère, tout se redresserait, et que Napoléon finirait avec Alexandre, comme Charles XII avec Pierre Ier » (2).

Le 4 mai, il lui répétait cet avertissement : « Mais Sire, malgré ma conviction que Votre Majesté ne doit pas craindre de revers, qu'il me soit permis de lui dire que la persévérance dans une résolution prise, conduit infailliblement à des résultats heureux » (3).

Cette ferme volonté d'éviter les grandes batailles contre un adversaire tel que Napoléon n'était pas particulière à Bernadotte; on retrouve les mêmes idées sur la meilleure manière de conduire la guerre contre lui, chez les esprits les plus énergiques de l'époque, auprès de ses adversaires les plus déclarés : Scharnhorst (4),

(1) *Schouvalof à l'Empereur Alexandre*, 15 mars 1812. Tome XXI. Page 420.
(2) *Tschernitchef à l'Empereur Alexandre*. 30 mars. Tome XXI. Page 429.
(3) *Bernadotte à l'Empereur*. 4 mai. Page 9.
(4) Boyen *Contribution à la connaissance du général Scharnhorst.* Page 30. — Lehman. *Vie de Scharnhorst.* Tome II. Page 405.

Gneisenau (1), et Boyen (2), le recommandent dans tous leurs écrits.

Dès 1810, Wolzogen avait analysé dans un mémoire remarquable les motifs qui expliquaient et justifiaient cette opinion (3).

« Mais quelle est donc cette qualité décisive, qui rend le génie si terrible à la guerre et qui donne au général de talent une si grande supériorité. Dans aucun art, cette qualité n'est aussi capitale que dans l'art de la guerre, parce que dans aucun, l'extrême rapidité avec laquelle on doit agir pour atteindre le but, n'est indispensable à un si haut degré. Tout dans l'art de la guerre est basé sur le temps et l'espace; celui qui pense plus vite, peut naturellement agir plus tôt. Car ceux qui agissent sans réfléchir, ne devraient jamais être mis à la tête d'une armée; l'adversaire, prenant l'initiative, modifie la série des combinaisons; celui qui pense plus lentement, ne parviendra jamais à mûrir une résolution et n'emploie que des moyens palliatifs. Cela est surtout visible aux jours de bataille où le temps pour une calme réflexion manque presque totalement et où alors les dons naturels du général lui donnent une immense supériorité. Sa conduite n'est plus déterminée en quelque sorte que par son instinct; il ne cherche pas par une suite de déductions à découvrir la vérité; l'idée se présente tout à coup à son esprit, comme jadis Minerve tout armée, jaillit du cerveau de Jupiter. Ni dans le cabinet, ni pendant les marches et les manœuvres,

---

(1) Pertz. *Vie de Gneisenau*. Tome II. Page 180, et Tome II. Pages 585-608.

(2) Boyen. *Mémoires*. Tome II. Pages 409, 485, 487.

(3) Wolzogen. *Mémoires*. Supplément I. Page 6. — Sur toute cette question, voir : *Histoire de la campagne de Russie 1812*. Tome I. Pages 1, 6, 8.

cette supériorité n'est aussi décisive que dans le
umulte de la lutte, où les secondes décident du sort des
peuples. »

Malgré les doutes des diplomates, l'Empereur
Alexandre avait résolu d'accepter toutes les conséquences de la lutte; le 4 juillet, il en donnait l'assurance à Bernadotte : « Que Votre Altesse se persuade,
lui écrivait-il, que, puisqu'une fois elle est commencée,
ma ferme volonté est de la faire durer des années dussé-
je combattre sur les rives du Volga » (1). Quelques mois
auparavant, il avait déclaré à Knesebeck « qu'il se reti-
rerait plutôt jusqu'à Kasan, que de conclure une paix
honteuse » (2).

Convaincu de l'importance de s'attacher le Prince
royal, l'Empereur le comblait de flatteries. Le 5 juin, à
l'occasion d'une revue, il lui écrivait : « La revue de mes
troupes m'a laissé un seul regret, celui de ne pouvoir
présenter mon armée à Votre Altesse et la consulter sur
les opérations de la campagne. Ses conseils, fondés
sur l'expérience, et ses talents auraient pu avoir une
influence si majeure dans la grande lutte qui se prépare » (3). Quelques jours plus tard, il lui répètera
encore, qu'en menant une guerre de lenteur, il suit ses
avis.

Il est impossible, dans cette introduction, de discuter
toutes les questions que soulève cette correspondance;
laissant de côté la partie diplomatique, on se bornera à
présenter quelques considérations sur les événements
militaires.

(1) *L'Empereur Alexandre à Bernadotte*. 4 juillet. Page 19.
(2) Cité par Oncken. *Oesterreich und Preussen 1813*. Page 3.
(3) *L'Empereur Alexandre à Bernadotte*. 5 juin. Page 11.

L'Empereur Alexandre avait partagé ses forces actives au début de la campagne en deux groupes; celui du nord constituant la première armée, était commandé par le général Barclay de Tolly; il avait son quartier général à Vilna; celui du sud, formant la 2e armée, était commandé par le prince Bagration. Son quartier général était à Volkowisk.

S'il faut ajouter foi à Mathieu Dumas, dès 1807, Barclay avait conçu le projet d'entraîner l'Empereur Napoléon et l'armée française dans l'intérieur de la Russie, même au delà de Moscou « de la fatiguer, l'éloigner de sa base d'opérations, lui faire user ses ressources et son matériel, en ménageant les réserves russes, jusqu'à ce que, aidé par la rigueur du climat, il pût prendre l'offensive et faire trouver à Napoléon, sur les bords du Volga, un second Pultawa » (1).

Que ce témoignage soit vrai ou faux, un fait est certain : le général Barclay était résolument décidé à ne pas risquer de bataille; il le refusera même à l'ordre de son souverain; et lorsque, devant Smolensk, pressé par l'opinion, il esquissera un mouvement offensif, il reviendra à ses projets primitifs, dès la première nouvelle de l'apparition de l'armée française sur son flanc gauche.

Bagration, au contraire, appartenait aux partisans de l'offensive; il aurait voulu tomber avec son armée sur le flanc droit de l'armée française. Le 19 juin, son chef d'état-major, Saint-Priest, exposait ses idées à l'Empereur Alexandre, et protestait contre tout mouvement qui aurait eu pour résultat de rapprocher la deuxième armée de la première.

(1) Mathieu Dumas. *Mémoires.* Tome III. Page 416.

« L'armée ennemie qu'on assure se réunir entre Grodno
et Kowno n'a pris, en faisant ces mouvements, que la
position que nécessite la direction de ses magasins;
l'état de misère où la Grande Pologne est réduite et
qui annonce la famine la plus épouvantable, enfin les
moyens défensifs qu'offrent les localités et les avantages qu'ils donnent dans le cas où nous voudrions
prendre l'offensive. Il compte d'ailleurs, en menaçant
ainsi notre droite, nous engager à y porter toutes nos
forces et à découvrir par là des provinces riches encore,
et dans lesquelles, il est sûr de trouver des moyens de
subsistances et des habitants qui lui sont dévoués.
Si donc, nous dirigeons nos mouvements sur les siens,
nous lui fournissons les armes les plus terribles contre
nous; nous perdons l'usage des nôtres, en lui livrant le
point le plus important de notre défensive. Car, je ne
dois pas le dissimuler à Votre Majesté, les mesures de
retraite que prennent nos deux armées, dans un
moment où rien encore ne semble l'exiger, les mouvements sur notre droite et vers la Dwina, en dérangeant
toutes les combinaisons et arrangements faits pour
l'approvisionnement de ses armées, doivent nécessairement, quelques secrets qu'ils soient, répandre le
découragement parmi des troupes jusqu'à présent rem-
plies d'ardeur et d'excellentes dispositions. Et quels sont
donc les dangers si éminents qui nous menacent? L'ennemi, s'il veut attaquer notre droite, qu'il avance; si nous
la lui refusons, il trouve vis-à-vis de lui, Riga et une armée
de réserve, et sur son flanc droit, deux corps d'armée;
sur son flanc gauche, les flottes anglaises; sur ses derrières, nos cosaques et, s'il le faut, l'armée du prince
Bagration.

Peut-il attaquer notre centre? Il est obligé de laisser un corps considérable en Prusse, tant pour s'assurer de ses nouveaux alliés que pour assurer ses magasins et défendre les nôtres. Il sera obligé de déboucher entre Grodno ou Kowno ou, avant qu'il ait pu passer le Niémen, il peut survenir quatre corps d'armée, et sur son flanc droit les cosaques de Platof et notre armée; mais si, après avoir masqué ses mouvements par des préparatifs d'attaque sur notre droite, il porte des forces considérables sur la route de Slonim, ce n'est pas avec quatre faibles divisions qui lui restent que le prince Bagration pourra défendre la distance importante depuis Grodno jusqu'à Brest.

Il sera obligé de se retirer presque sans combat. L'ennemi n'a pour cela qu'à marcher rapidement sur Grodno, et nous n'aurons pour conserver notre communication avec la 1re armée, que juste le temps de nous retirer sur Slonim. Maître, sans coup férir, de Posen et du canal Oginski, et par conséquent de toutes les communications, il peut, à son gré, en suivant le cours du Pripet, tourner celle de nos armées qu'il voudra, soit celle du général Tormasof, soit la nôtre; et cela, sans que nos armées, continuellement interrompues dans les communications, puissent se secourir mutuellement.

Je ne parle pas des malheurs qui en seraient la suite nécessaire, de la perte de nos magasins, de nos hôpitaux, du découragement et de la désertion des troupes, de la révolution qui s'opérerait tout de suite contre nous dans nos provinces polonaises. Ces malheurs sont aisés à prévoir, mais seront les suites irréparables des fausses mesures que nous pourrons prendre.

Si j'osais mettre sous les yeux de Votre Majesté mon

opinion toute entière, je la supplierais de conserver l'attitude imposante qu'elle a prise jusqu'à présent et qui intimide l'ennemi le plus terrible qu'elle ait encore eu à combattre. La paix avec la Turquie assure son flanc gauche et restreint sa ligne de défense. L'alliance avec l'Angleterre et la Suède lui donne l'avantage des diversions maritimes et les moyens d'armement; ses corps d'armée garantissent ses frontières, depuis la mer Baltique jusqu'aux sources du Niémen. En ajoutant à l'armée du prince Bagration deux divisions tirées de la 3ᵉ armée d'observation, elle sera en état de se maintenir entre le Niémen et les sources du Pripet. L'armée du général Tormasof, renforcée par la 15ᵉ division et les troupes revenues de la Moldavie, est plus que suffisante pour couvrir la Volhynie et la Podolie. La liaison entre les armées se trouvera établie solidement; de fortes réserves les renouvelleront sans cesse, et j'ose assurer Votre Majesté, que l'ennemi pourra peut-être lui présenter un nombre plus considérable de troupes, mais elles n'auront ni l'ensemble, le courage, ni le bon esprit de celles qui composent ses armées, avec des troupes comme les nôtres. Sire, la défensive est déjà un mal, mais quelque chose, de pire, ce sont les mesures de retraite, avant d'avoir tiré un coup de fusil. Nous devons sans doute regarder la Dwina, le Dniéper, comme le point de notre retraite, mais ce n'est que, lorsque nous aurons éprouvé les plus grands malheurs. Songer, à se retirer sans combat, c'est nous livrer à l'ennemi (1).

Cette divergence de vue allait occasionner au début de la guerre un certain décousu dans les opérations russes.

(1) *Saint-Priest à l'Empereur.* 19 juin. *Inédite.*

Le 23 juin, l'armée française passait le Niémen. Contrairement à l'assertion de Bogdanowitsch (1), le prince Bagration recevait certainement l'ordre de se replier sur Minsk (2) et, de là, après avoir été renforcé par la 27e division, de gagner Wileika pour agir sur le flanc de l'armée française, en marche contre la 1re armée russe.

Il y répondait par un contre-projet où il proposait « de faire un mouvement combiné avec le général Tormasof sur Varsovie, et de couper par là en deux les forces de l'ennemi, ce qui donnait la facilité de détruire ses ressources, sans qu'il put y mettre obstacle. C'eut été, continuait Saint-Priest, sans contredit, la plus puissante diversion à son attaque, mais puisque l'intention de Votre Majesté est que, nous nous retirions sur Minsk ; il ne faut plus songer qu'à rétablir la communication des armées. Je me bornerai seulement à observer que chaque pas rétrograde de la première armée est une difficulté de plus pour la seconde dans sa position actuelle » (3).

La conduite de Bagration inspirait un vif mécontentement à l'Empereur. « Au lieu de cette belle diversion, écrivait-il à Barclay, qui me paraît, sinon impossible, du moins très dangereuse et privant la 1re armée de tout secours de la 2e, il aurait beaucoup mieux fait de ne pas perdre de temps et de se replier comme on le lui a prescrit » (4).

De lui-même, l'Empereur modifiait, le 28 le premier ordre de Barclay ; il prescrivait à la 2e armée de

(1) *Bogdanowitsch*. Tome I. Page 141.
(2) *Lettres de l'Empereur Alexandre à Barclay.* 27 et 28 juin. *Svornik,* 1906. Avril. Pages 220 et 222.
(3) *Saint-Priest à l'Empereur Alexandre.* Volkowisk, 29 juin. *Inédite.*
(4) *L'Empereur Alexandre à Barclay,* 29 juin. *Svornik.* Page 224.

marcher droit sur Wileika, afin de gagner du temps ; toutefois, il ajoutait : « Si par contre, une trop grande force ennemie lui empêchait de faire ce mouvement, il peut toujours se retirer sur Minsk et Borisov » (1).

Le comte Benkendorf, aide de camp de l'Empereur était chargé de porter cette dépêche (2) et de prévenir toute nouvelle observation.

A la réception de l'ordre qui dirigeait la 2e armée sur Minsk, le chef d'état-major de Bagration insistait vivement sur la difficulté de cette retraite. « L'ennemi occupant déjà Vilna, et ses troupes se trouvant en même temps très rapprochées des points, de Wlodava, Brest et Bialystock qu'occupaient nos avant-postes, notre marche rétrograde devient d'autant plus difficile à exécuter que nous avons depuis notre frontière 300 verstes à faire jusqu'à Minsk, tandis que l'ennemi n'en a que 170. Si Napoléon met dans sa marche sa rapidité extraordinaire, il n'y a pas de doute qu'il n'envoie sur ce point une forte colonne pour couper entièrement la communication des deux armées et, quelque promptitude que nous mettions dans nos mouvements, nous pourrions fort bien être prévenus, si la première armée ne fait pas en notre faveur quelques mouvements » (3).

La marche directe par Wileika rapprochait encore davantage la IIe armée du corps français qu'elle s'attendait à avoir sur son flanc gauche ; aussi Saint-Priest répondait-il immédiatement à l'Empereur.«J'avais eu hier l'honneur d'écrire à Votre Majesté relativement à notre

---

(1) *Lettre de l'Empereur Alexandre a Barclay,* du 28, déjà citée.
(2) *L'Empereur Alexandre à Bagration.* 28 juin. Danilewski. Tome I. Page 168.
(3) *Saint-Priest à l'Empereur Alexandre.* Volkowisk, 29 juin. *Inédite.*

marche sur Minsk, pour coopérer aux mouvements de la 1re armée. L'ordre que nous venons de recevoir aujourd'hui, et que nous exécutons sur-le-champ, en changeant notre direction, présente encore plus de difficultés ; il n'y a aucun doute que l'ennemi, porte, aussitôt qu'il en recevra la nouvelle, portera s'il ne l'a déjà fait, et le plus rapidement possible, un corps considérable entre la 1re armée et la seconde pour empêcher notre réunion. Tout mouvement rétrograde de la première armée devient donc pour nous un danger d'autant plus réel, qu'une fois enfermé dans les bois dont cette partie est couverte, la retraite même sur Minsk deviendra plus difficile. L'ennemi, en deux marches, peut être en mesure de nous attaquer et, si la première armée ne fait aucun mouvement offensif pour l'occuper, nous devons supposer qu'il cherchera à nous accabler de toutes ses forces » (1).

Le 4 juillet, l'Empereur Alexandre avertissait Bernadotte des mouvements exécutés par ses troupes.

La 1re armée se retirait sur une position préparée sur la Dwina ; la 2e avait l'ordre de prendre l'offensive contre le flanc droit de l'armée française. L'effectif de Bagration s'élevait alors à 37.000 hommes ; il semble que les considérations présentées par Saint-Priest ne manquaient pas de valeur, d'autant plus, que la retraite de la première armée très faiblement suivie par Murat, s'opérait avec une vitesse exagérée. Son chef croyait même utile d'en signaler les inconvénients à l'Empereur. « Quelque célérité que l'ennemi mette dans ses opérations, il ne peut pas exécuter l'impossible. La rapidité de notre retraite n'y correspond donc pas, et je ne sais

---

(1) *Saint-Priest à l'Empereur Alexandre.* 30 juin. *Inédite.*

à quoi elle doit servir. D'ailleurs, je ne puis me dispenser et je crois de mon devoir, de porter encore à la connaissance de Votre Majesté Impériale, que l'influence de cette retraite précipitée commence à se manifester hautement parmi les soldats qui, en faisant entendre leur mécontentement supposent des mobiles particuliers » (1).

Pourtant, le lendemain, l'Empereur Alexandre, tout en laissant la 1re armée continuer sa retraite, prescrivait encore à Bagration de se porter plus à gauche et d'attaquer Davout en marche sur Minsk (2).

En arrivant à Nikolaiew, Bagration apprenait l'occupation de Volojin par des forces françaises. Il n'osait attaquer le corps qu'il avait devant lui, dont il ignorait la force, et qui pouvait être soutenu en arrière par d'autres corps.

Les mobiles avancés par Bagration dans le but d'expliquer sa conduite, semblent très justes.

« L'ennemi occupait déjà en force le point de Volojin, et nous ne pouvions rétablir par là nos communications avec la grande armée, qu'en cherchant à y percer avec tout le désavantage que présente le terrain, et la certitude de ne faire par là qu'une très faible diversion en perdant un monde infini et courant le risque d'être entièrement coupé de nos magasins et de nos équipages de vivres. D'après ces considérations, le prince Bagration, après avoir fait tous les mouvements nécessaires pour persuader l'ennemi qu'il voulait le prendre en flanc et l'obliger de ralentir sa marche et de se con-

---

(1) *Barclay à l'Empereur Alexandre.* Bellemont 7 juillet. *Svornik.* Juin 1906. Page 230.
(2) *L'Empereur Alexandre à Barclay,* 8 juillet Svornik, Juin. Page 233.

centrer, en a résolu de se porter par Nowo Sverjen sur Minsk, et se flatte que le peu de fausses attaques qu'il a faites sur Nikolaiew lui donnera le temps de gagner deux marches sur l'ennemi. S'il parvient à remplir ce but, il rétablit la communication entre la première et la seconde armée; il est à portée de marche sur les derrières et sur les flancs des ennemis dans toutes les directions, sans pour cela s'exposer à perdre ses magasins et ses vivres, en couvrant le centre de l'empire. Il est plus à même que jamais de coopérer aux mouvements de la grande armée. S'il ne peut pas y parvenir, il a toujours la ressource de se porter de Nesvij sur Sloutsk et sur Bobrouisk qui est aussi un des points fixés pour sa retraite » (1).

C'est en effet ce dernier parti qu'adoptait le prince Bagration lorsqu'il était informé de l'occupation de Minsk par les Français; le 6 juillet, il se dirigeait sur Nesvij.

L'Empereur Alexandre voyait dans cette résolution un manque d'énergie. « Il paraît, écrivait-il à Barclay, que Davout avec 60.000 hommes, s'est dirigé sur Minsk et Borisov pour, de là, marcher dans l'intervalle qu'il y a entre la Dwina et le Dniéper, du côté de Smolensk. Il est très fâcheux que Bagration fasse si lentement et si timidement ses mouvements. Car, effrayé par l'avant-garde de Davout, au lieu de continuer son mouvement sur Minsk et dans le dos de Davout, il s'est porté sur Nesvij et, d'après ce que dit Gravé, veut marcher sur Bobrouisk. J'espère encore que l'arrivée de Benkendorf le rendra à la raison et l'engagera à marcher droit sur le dos de Davout » (2).

(1) *Saint-Priest à l'Empereur.* 7 juillet. Nikolaiew. (*Inédite*).
(2) *L'Empereur à Barclay.* Camp de Driva. 8 juillet (lettre déjà citée).

Barclay, de son côté, blâmait la manière d'opérer de
Bagration ; il trouvait « impardonnable » la direction
donnée à la retraite sur Nesvij ; lui aussi le poussait à
attaquer Davout et à s'ouvrir un passage, les armes à la
main.

« Quoiqu'il est certain qu'il eût trouvé l'ennem[i]
devant lui à Minsk, répondait-il à l'Empereur, il n'est
pas douteux non plus qu'il ne l'aurait chassé, parce que
l'ennemi ne pouvait pas y être en grande force ; et alors
il eut établi une communication avec Borisov. Comme à
présent Platof et Dorohov l'ont renforcé par leur jonction, le prince est assez fort pour lutter contre le maré
chal Davout, et je crois que le moment est là de fondre
sur lui et de l'attaquer. »

A en croire Saint-Priest, les instructions apportées
par Benkendorf, qui émanaient directement de l'Empereur (1) et dont Barclay n'avait même pas eu connaissance avant leur expédition, étaient loin d'être aussi
affirmatives. Supposant, très vraisemblablement que
Barclay en était l'auteur, il blâmait sans ménagement
leur peu de précision.

« Benkendorf qui est arrivé hier, nous a remis une
espèce de note renfermant différentes vues sur nos
positions actuelles. Je n'ose pas dire à Votre Majesté
combien le prince a été affligé de ne rien recevoir de
plus officiel, dans une circonstance aussi importante
que celle-ci, et où même les ordres par écrit et signés à
une aussi énorme distance, sont insuffisants. Il me
semble que, dans des cas aussi extraordinaires, c'est au

(1) L'Empereur à Barclay, 8 juillet. Svornik. Page 233. Lettre déjà citée.
« J'ai envoyé Benkendorf à Bagration... pour leur bien expliquer l'espèce
de guerre qu'ils ont à faire. Je joins ici la copie de l'instruction que je leur
ai donnée, car je ne me rappelle plus si je vous l'ai envoyée ou non ».

général en chef à prendre les mesures qu'il juge convenables, et c'est la seule manière qu'il a de justifier la confiance de son souverain. Je ne dissimule d'ailleurs pas à Votre Majesté que la note en question est énoncée d'une manière si vague et si peu militaire, que la moitié des objets qu'elle renferme ne sont plus exécutables » (1).

Le 18 juin, Bagration entrait à Bobrouisk après plusieurs rencontres avec le corps de cavalerie de Latour-Maubourg; de cette ville, il se proposait de marcher sur Mohilev, par Orcha, en deux colonnes et d'y arriver en quatre marches.

« Si l'ennemi est assez fort pour occuper Orcha, sans crainte que nous lui coupions sa retraite sur Minsk, nous l'obligerons du moins à s'arrêter, mais si, tandis que nous marchons sur Mohilev, la 1re armée faisait un mouvement offensif, le corps ennemi qui se porte sur Vitebsk, serait forcé par notre approche à la plus prompte retraite, sous peine d'être coupé de ses propres communications.

J'ose assurer à Votre Majesté que, si ce mouvement de a 1re armée avait lieu, il serait suivi d'un succès d'autant plus grand, que les troupes que nous avons eues jusqu'à présent à combattre, ne paraissent ni très redoutables, ni bien disposées à se battre, et que la dispersion de leurs colonnes rendrait leur perte assurée. Ce mouvement est le vœu de toute l'armée qui commence à se sentir des effets physiques et moraux d'une retraite de 500 verstes par la plus forte chaleur et qui, si elle devait se prolonger, ne peut avoir que les suites les plus fâcheuses. Le prince Bagration en paraît lui-même

(1) *Saint-Priest à l'Empereur. (Inédite).*

affecté, et je fais mon possible pour que cela n'aille pas jusqu'au découragement » (1).

On comprend combien cette méthode de guerre devait être pénible au glorieux élève de Souvarof.

Soldat et rien que soldat, voyant son pays amener à la ruine par de fausses mesures, avec une franchise militaire, dédaigneux des vaines formes de la prudence civile, il épanche dans ses lettres, à ses amis, les soucis qui dévoraient son âme. « J'ai servi mes maîtres de naissance, s'écrie-t-il, mais non Bonaparte, nous sommes vendus. Je vois qu'on nous conduit à l'abîme, je ne puis voir cela avec calme... Je rougis de porter l'uniforme. On m'a rendu l'écrivain de nombreuses lettres, et non un guerrier » (2).

Le 19, une nouvelle lettre de blâme de l'Empereur Alexandre apportée par le prince Volkonski, venait mettre le comble à sa juste irritation. L'Empereur, à la date du 19, lui reprochait de n'avoir pas, comme Souvarof, attaqué l'ennemi à Minsk, de ne l'y avoir pas prévenu, « moins pour obtenir une réunion complète avec la première armée, que pour donner à la deuxième armée une direction où elle aurait eu derrière elle le centre de la Russie. Par là, les opérations des deux armées ennemies auraient été plus commodes et plus efficaces » (3). En même temps, le prince Volkonski l'avertissait que l'ennemi, après avoir dépassé Orcha, se trouvait à 60 verstes de Smolensk. Cet avis lui était confirmé par son avant-garde ; elle signalait l'occupation de Mohilev par Davout où, d'après

(1) *Saint-Priest à l'Empereur, Bobrouisk.* 18 juillet. *Inédite.*
(2) *Bagration à Yermolof.* — *Mémoires de Toll.* 15 juin. Tome I. Page 487.
(3) *L'Empereur Alexandre à Bagration.* 17 juillet. Danalewski. Tome 1. Page 177.

des renseignements, le maréchal réunissait toutes ses forces.

« L'attaquer le plus tôt possible, écrivait Saint-Priest, est ce que nous devons faire, non pour prévenir l'ennemi sur Smolensk, ce qui est actuellement impossible, mais demain, si nous réussissons, pour arrêter ses projets et lui donner de l'inquiétude pour ses communications. Mais un avantage, même considérable, remporté sur lui ne rendrait pas nos communications avec la première armée moins difficiles, à moins qu'elle ne prenne elle-même l'offensive vers Polotsk et Vitebsk, ainsi qu'on nous le fait espérer. Si pour le moment, nous évitons le combat et passons le Dniéper au-dessous de Mohiler pour aller à Smolensk, nous n'en serons pas moins tôt ou tard, forcés de l'accepter, soit par le IIIᵉ corps qui marche sur Orcha, sur Smolensk, soit par l'armée de Davout qui, partant de Mohilev sur plusieurs directions, peut nous prendre en flanc et nous inquiéter beaucoup, sans compter la perte de notre magasin de Rogatschev qui, en cas de malheur, est encore d'une ressource considérable. L'ennemi, d'ailleurs, si nous ne l'attaquons pas, nous attaquera infailliblement, et encore dans ce cas vaut-il mieux avoir l'initiative. Cela se décidera demain ou après-demain. »[1]

Dès l'instant où Bagration considérait qu'une victoire ne le mènerait à rien, il était facile de prévoir qu'il n'engagerait pas une lutte désespérée contre le corps français qui occupait Mohilev, corps dont il ignorait l'effectif. En réalité, Davout réunissait à peine 28.000 hommes sous son commandement, force bien inférieure à celle de la deuxième

[1] *Saint-Priest à l'Empereur Alexandre.* Sta Biekhov. (*Inédite*).

arméerusse. Le 23, Bagration attaquait le maréchal Davout à Saltanowaka, avec le seul corps de Raeffskoï : des deux côtés, on s'attribuait la victoire.

Le 24, il laissait ce corps à Dachkowka, et passait le Dniéper à Nov. Biekhov.

Bagration estimait alors avoir rempli sa tâche « La journée du 11/23, écrivait Saint-Priest, a o eu pur conséquence deux résultats : celui d'attirer sur nous la force de l'ennemi, et par conséquent de faciliter le mouvement de la 1re armée sur Vitebsk et Orcha,.et celui d'effectuer la réunion du général Platof et de Dorokhov avec elle. Si maintenant, la 1re armée, attaquant l'ennemi, l'arrête dans sa marche sur Smolensk et nous laisse le temps d'y arriver, notre jonction s'effectuera peut-être, car c'est une chose que je n'ose espérer, vu le nombre de marches que l'ennemi a d'avance sur nous, et dont il profitera sûrement . Il n'en est pas moins vrai, et Votre Majesté le jugera surement de même, qu'après la journée du 11/23 et la certitude que nous y avons acquise de la supériorité de l'ennemi, ce serait exposé le salut de l'empire et manquer tout à fait le but que de tenter de nouvelles attaques sur Mohilev, sans être bien assuré du succès. Faibles comme nous le sommes, nous devons chercher à gagner à force de ruses et de manœuvres ce que nous ne pouvons obtenir par la force » (1).

La fatigue de l'armée française obligeait l'Empereur à arrêter le mouvement de ses corps. Par son ordre, Davout cessait de s'interposer entre les deux armées russes et laissait à la 2e armée toute facilité pour se réunir à la 1re.

---

(1 *Saint-Priest à l'Empereur.* Sta Biekhov. (*Inédite*).

Le prince Bagration ayant été tué à la Moskowa n'a trouvé personne pour défendre sa mémoire ; aussi, nous a-t-il semblé utile d'exposer en détail les mobiles qui ont guidé ses opérations au moyen des lettres confidentielles de son chef d'état-major à l'Empereur Alexandre.

Elles ne l'avaient pas convaincu, et le 29 juillet, il écrivait à Bernadotte : « Je n'ai pas été content des mouvements de la 2e armée ; elle n'a pas mis assez de célérité et s'est laissé prévenir sur le point important de Minsk. J'espère toutefois que nous réparerons cette faute » (1).

Même après la victoire finale, l'Empereur parlera encore des fautes très graves commises par le prince Bagration qui ont permis à l'ennemi de le prévenir à Minsk, Borisov et Mohilev, et ont forcé la 1re armée à « quitter les bords de la Dwina pour se porter sur Smolensk » (2).

Au lecteur d'apprécier la justesse de ces reproches.

La guerre durait depuis d'un mois, et l'Europe n'avait pas encore retenti d'un de ces coups de tonnerre auxquels l'Empereur des batailles l'avait accoutumé. A ce point de vue, la Russie avait exactement obtenu le grand avantage d'avoir « évité les batailles générales ».

Nul ne doutait que la première rencontre ne fut décidée en faveur des armées françaises.

« L'habitude qu'a l'Empereur Napoléon de manier des grandes armées, doit nécessairement lui donner de la confiance, écrivait Bernadotte ; mais si Votre Majesté

---

(1) *L'Empereur Alexandre à Bernadotte*. 29 juillet. Page 24.
(2) *L'Empereur Alexandre à Barclay*. Pétersbourg. 24 novembre. Smitt. Page 546.

peut bien ménager ses moyens, si elle ne se tronve pas forcée d'accepter une bataille générale, et qu'elle puisse réduire la guerre à des marches et à des combats partiels, l'Empereur Napoléon commettra infailliblement quelques fautes dont Votre Majesté profitera » (1).

Cette idée semble avoir été l'opinion générale de tous les militaires. On la retrouve dans un rapport envoyé au comte Zichy, ambassadeur de Vienne en Prusse, à la veille de la bataille de Smolensk. Son auteur estime que le sort de la guerre dépendra du succès avec lequel l'Empereur Napoléon exécutera un coup décisif; des deux côtés, le désir de se battre est égal. « Il ne reste donc à l'Empereur Napoléon pour cette première bataille que la supériorité de son génie et la capacité manœuvrière de ses troupes, d'où l'on peut supposer d'avance qu'il la gagnera, ce qui est accordé par les Russes. Mais, si le résultat de cette bataille n'est pas une complète déroute, et que le résultat d'évacuer le champ de bataille soit la seule suite de ce combat qui promet d'être un des plus sanglants parmi ceux que l'histoire de notre temps a enregistré, la situation change complètement » (2).

C'était envisager d'avance les résultats des sanglantes affaires de Smolensk.

« Smolensk est une brillante affaire, mais c'est une bataille qu'il nous faut » (3), écrira le prince de Schwarzenberg, lorsqu'il en sera informé ; et quelques jours plus tard, dans une lettre confidentielle à Metternich,

---

(1) *Bernadotte à l'Empereur Alexandre*, 27 juillet p. 16-17.
(2) *Mémoire du 3 septembre*, publié par Oncken. Tome I. Page 271.
(3) *Schwarzenberg à Metternich*. 29 août. (*Inédite*).

il lui avoue, qu'à son avis, la situation de la grande armée est sans issue.

« Je ne puis cependant pas me flatter que l'Empereur Alexandre fera la paix sans tenter une seconde campagne; on ne lui proposera guère brillante et alors il croira pouvoir l'avoir au même prix l'été prochain, après des efforts renouvelés. Si l'Empereur Napoléon arrive à Moscou, que fera-t-il de la ville; elle est trop grande et vaste pour être brûlée, trop peuplée pour être occupée ou dépassée par l'armée, encore que l'autre voulut continuer sa constante retraite » (1).

Tandis que le gros de l'armée française marchait sur Moscou, un nouvel orage allait fondre sur elle. Le 28 mai, la Russie avait signé la paix avec les Turcs; l'armée de Moldavie devenait donc disponible. Son emploi était tout trouvé ; on pouvait ou la réunir avec Tormasof et la diriger sur Brest, ou la porter sur Minsk; arrivée dans cette ville, elle donnerait la main à la grande armée russe et agirait contre le flanc droit de l'armée française. « Il est impossible, écrivait Saint-Priest, de calculer toutes les suites que peuvent avoir ses mouvements sagement combinés avec ceux des autres armées de V. M. I., et dirigés avec l'ordre et l'ensemble nécessaires. La première et plus immédiate en serait probablement l'évacuation du gouvernement de Minsk et d'une partie de la Lithua- nie » (2).

Il était évident pour tous, qu'un mouvement offensif dirigé contre la ligne d'opérations de la Grande Armée l'exposait aux plus graves dangers ; là, était son véritable point faible.

(1) *Schwarzenberg à Metternich*. 8 septembre. (*Inédite*).
(2) *Saint-Priest à l'Empereur Alexandre*. (*Inédite*).

Le prince de Schwarzenberg, à qui était confié la mission de la couvrir, s'attendait à ce que l'armée russe de Moldavie prendrait la direction de Minsk.

« Il me semble même, écrivait-il, que nous attirons à nous les forces qui viennent du Danube, ce sera fort désagréable pour moi, puisque je ne pourrai guère résister, mais ce serait une nouvelle faute de la part des Russes, et qui conviendrait beaucoup à Napoléon, parce qu'ils prendraient, en me suivant dans le grand duché, une direction qui ne le gênerait aucunement, d'autant plus qu'il y aura des réserves à Grodno, Vilna, Minsk; s'ils s'affaiblissaient pour marcher sur ces corps, ils me mettent dans le cas de pouvoir reprendre l'offensive. Si l'Empereur peut faire manœuvrer un corps de Mohilev, le long du Dniéper, cette armée serait forcée de perdre beaucoup de terrain pour gagner Kiew; et, en les poursuivant de près, de mon côté, on pourrait lui faire bien du mal » (1).

Bernadotte partageait également cette opinion; il invite presque dans chaque lettre l'Empereur Alexandre à faire exécuter cette manœuvre. Le 11 août, il lui conseille de faire venir l'armée de Moldavie en poste (?) et de la diriger sur la capitale de la Lithuanie, et il lui expose que dans tous les cas, une telle opération ne présente que des avantages. Si l'Empereur Napoléon est vainqueur à Smolensk, aucun de ses renforts ne pourra lui arriver; « si, au contraire, la bataille est restée incertaine, ce mouvement audacieux le forcera ou à repasser le Niémen ou à détacher un grand corps pour aller à la rencontre de ces braves » (2); l'armée russe peut alors reprendre l'offensive.

(1) *Schwarzenberg à Metternich.* 8 septembre. (*Inédite*).
(2) *Bernadotte à l'Empereur Alexandre.* 11 août. Page 27.

Le 4 septembre, il lui signale encore la ville de Minsk comme le but principal à assigner à l'armée de Moldavie, jusqu'au moment où l'Empereur Napoléon aura fait un mouvement rétrograde (1).

Le 24 août, l'Empereur Alexandre se rencontrait à Abo avec Bernadotte; les deux souverains signaient un traité par lequel la Russie assurait à la Suède la possession de la Norvège. L'Empereur s'engageait à mettre à sa disposition un corps de 35.000 hommes, destinés à débarquer avec l'armée suédoise dans la Seelande, au cas où le Danemarck refuserait d'y consentir, et à faire une diversion en Allemagne.

Les auteurs russes louent beaucoup la proposition que Bernadotte faisait à l'Empereur Alexandre, d'y renoncer pour le moment, et le désintéressement avec lequel il l'invitait à les envoyer au secours du corps de Wittgenstein. Il semble, au contraire, que par cette apparente magnanimité, il se dérobait à toute immixtion dans la guerre entre les deux souverains et attendait le résultat final, sans courir aucun risque. En cas de succès de la Russie, il était certain d'obtenir la Norvège, et d'un autre côté, il évitait de se compromettre complètement avec Napoléon, avant que le sort des armes eut décidé de l'issue de la lutte.

Un point reste mystérieux dans ces entrevues. On a avancé que l'Empereur Alexandre faisait miroiter à ses yeux l'espoir de la couronne de France, cette allusion contenue dans une dépêche postérieure en date du 7 janvier, semble le confirmer. « J'ai lu avec un plaisir infini ce que Votre Altesse veut bien me dire sur les

(1) *Bernadotte à l'Empereur Alexandre.* 4 septembre. Page 29.
(2) *Bogdanowitsch.* Tome II. Page 29.

projets dont nous nous entretenions à Abo. Je regarderai leur réussite comme un bienfait pour l'humanité,
d'après les principes sages et libéraux que j'aime à
reconnaître en elle, et je ne puis assez engager Votre
Altesse à y donner toute son attention » (1).

La bataille que le monde attendait avec tant d'impatience était enfin livrée, le 7 septembre; les Russes
étaient vaincus, mais non écrasés. Le 8, Kutusof l'annonçait en ces termes, à l'Empereur. « Que Votre Majesté daigne apprendre qu'après une bataille sanglante
de douze heures, notre armée et celle de l'ennemi ont
éprouvé du désordre. Par suite de la perte subie en
cette journée, la position que j'occupais auparavant, est
devenue naturellement trop étendue. En conséquence,
comme il ne s'agit pas ici de la gloire d'avoir gagné une
bataille, et que l'objectif de tous nos efforts est dirigé vers
la destruction de l'armée française, je me suis résolu,
après avoir passé la nuit sur le champ de bataille, à me
retirer à six verstes en arrière » (2).

L'envoi d'une pareille nouvelle, immédiatement après
la conclusion d'un traité avec un allié au moins douteux,
pouvait avoir de graves conséquences; l'Empereur
Alexandre n'hésitait pas; il transformait le bulletin de
son général en chef. Lors de ses entrevues à Abo avec le
prince royal, il lui avait été facile de reconnaître la vanité
de Bernadotte qui formait le fond de son caractère; le
prince royal lui avait assuré que les instants passés à Abo
et leurs entretiens avaient laissé dans son âme « des impressions dont elle conserverait l'éternel souvenir » (3).

(1) *L'Empereur Alexandre à Bernadotte.* 7 janvier 1813. Page 56.
(2) *Kutusof à l'Empereur Alexandre.* 8 septembre Bogdanowitsch
Tome II. page 216.
(3) *Bernadotte à l'Empereur Alexandre*, 4 septembre. Page 19.

L'Empereur ne voulait pas être en reste de compliments ; il lui répondait que les mêmes moments lui « avaient laissé des souvenirs ineffaçables ». La connaissance personnelle du prince avait augmenté encore toute l'estime dont il se sentait pénétré pour lui depuis longtemps et à laquelle « s'était jointe maintenant une amitié bien sincère ». Puis, il l'informait qu'après une lutte acharnée ? où l'armée française avait perdu 40.000 hommes, elle avait reculé de onze verstes (1).

Au moment où l'Empereur Alexandre s'efforçait de dissimuler à l'Europe la perte de la bataille de la Moskowa, la vérité était déjà connue à Saint-Pétersbourg (2).

Quatorze jours après, il lui annonçait que Kutusof n'avait pas su profiter de la « belle victoire » du 26 ; il avait commis une faute semblable à celle qu'avait terminé pour les Russes la journée de Preussisch Eylau. Cette faute avait entraîné la chute de Moscou. « Furieux de n'avoir trouvé à Moscou ni les richesses qu'il convoitait, ni la paix qu'il espérait », l'Empereur Napoléon avait fait brûler la ville (3).

L'incendie de Moscou, de la ville sainte, était une nouvelle occasoin d'enflammer la haine des Russes contre les Français ; comme on le voit, l'Empereur se faisait l'écho des rapports de Rostopchine (4). Ses efforts

(1) *L'Empereur Alexandre à Bernadotte*, 14 septembre. Page 29.
(2) *De Maistre à Blacas.* Saint-Pétersbourg, 20 septembre, — Daudet, *Joseph de Maistre et Blacas.* Page 188.
(3) *L'Empereur Alexandre à Bernadotte*, 3f septembre. Page 37.
(4) « Je suis au désespoir qu'il [Kutusof] ait agi en traître vis-à-vis de moi, car ne pouvant conserver la ville, je l'aurais brûlée, pour ôter à Bonaparte la gloire de l'avoir prise, de l'avoir pillée et puis livrée aux flammes. J'aurais ravi aux Français le prix de leurs campagnes, et les cendres de la capitale, en leur faisant supposer tous les trésors du monde perdus pour eux, leur auraient fait voir à quelle nation ils ont affaire.... » *Rostopchine à l'Empereur Alexandre*, 25 septembre 1812. *Carnet littéraire*, 1903, t. XVII, p. 425-428.

pour cacher la vérité réussissaient; des esprits aussi distingués que celui de de Maistre ont ajouté foi à cette fable, et croyaient réellement que l'Empereur Napoléon « avait incendié de sang-froid cette immense capitale » (1).

L'entrée de l'armée française à Moscou soulevait une émotion immense en Europe. M. Floret, envoyé autrihien, arrêté alors à Kœnigsberg, et qui représente l'opinion régnante, nous parle de l'étonnement qu'excitait la rapidité de sa marche. Un homme à pied qui aurait quitté Wolkowisk, le 22 juin, aurait eu de la peine à franchir cette immense étendue de terrain, dans ce laps de temps. A son avis, « le sort de la Russie était décidé. Le traité de paix qui doit signer sa soumission, est tout prêt » (2).

Cette opinion peut surprendre, mais, comme on l'a déjà fait observer, nul ne croyait à la fermeté d'Alexandre.

Le 4 septembre, dans une lettre confidentielle adressée à Metternich, Hardenberg parle de « la faiblesse de caractère de l'Empereur Alexandre » (3) et, ce qui est encore plus étonnant, même après l'incendie de Moscou, auquel il n'attribue aucune importance dont il ne fait même pas mention, Metternich, en lui répondant, considère la ruine de la Russie comme accomplie. « J'écarte de mes calculs le soutien d'une cause qui n'en est pas une... Je n'hésite pas de faire l'entière profession de

---

Toute cette question de l'incendie de Moscou a été discutée par M. Gantscho Tzenoff *Wer hat Moskau im Jahre 1812 im Brand Gesteck*, Berlin 1900.

(1) *De Maistre à Blacas*. Saint-Pétersbourg, 28 octobre. Publie par M. Daudet. *Joseph de Maistre et Blacas*. Page 199.

(2) Floret, 27 septembre, cité par Oncken. Page 13.

(3) *Hardenberg à Metternich*, 4 septembre 1812, Oncken. Page 376.

foi que je ne compte sur nulle fermeté de l'Empereur
Alexandre, sur nulle cohérence dans les plans présents
et futurs de son cabinet, sur nuls résultats décisifs en sa
faveur, par l'influence du climat et les secours que semblent attendre les généraux russes des approches de
l'hiver » et il nie même la possibilité » que les hommes,
causes de la situation difficile où se débattait la Russie,
fussent capables de l'en tirer (1).

Il est possible que l'Empereur Napoléon gagne « la
première, la seconde, même la troisième bataille, la
quatrième sera indécise ; et si Votre Majesté persévère, il
est indubitable qu'il gagnera la cinquième » (2).

Ces paroles de Bernadotte à l'Empereur Alexandre
étaient prophétiques ; contre l'attente universelle, la
défaite de Borodino ne l'abattait pas. Dans la dépêche, où
il faisait part à Bernadotte de l'entrée des Français à
Moscou, il lui donnait « l'assurance solennelle que lui
et la nation à la tête de laquelle il avait l'honneur de se
trouver étaient décidés à persévérer et à s'ensevelir
plutôt sous les ruines de l'Empire que de composer avec
l'Attila moderne » (3).

Tous ces actes témoignaient de la ferme volonté de
ne pas traiter ; afin de rassurer l'opinion publique de
Saint-Pétersbourg : « il disait et ordonnait même de
dire, qu'il l'avait dit, que toute paix était impossible » (4).

Bernadotte, comme Schwarzenberg, c'est-à-dire le
parti des hommes de guerre, appréciait très justement
la situation de l'armée française.

(1) *Metternich à Hardenberg.* Vienne, 5 octobre. Oncken. Page 379.
(2) *Bernadotte à l'Empereur Alexandre,* 11 août. Page 27.
(3) *L'Empereur Alexandre à Bernadotte,* 31 septembre. Page 37.
(4) *De Maistre à Blacas.* Saint-Pétersbourg, 20 septembre. Daudet. Page 188.

« L'Empereur Napoléon, répondait-il à l'Empereur Alexandre, a rempli son but; il frappe l'Europe d'étonnement, et il croit par cette occupation effrayer Votre Majesté et la forcer à souscrire aux conditions qu'il dictera; mais tant qu'il a en tête une armée plus forte que la sienne, je ne vois dans la prise de Moscou qu'une gloire qui a pu être obscurcie même le lendemain », et de nouveau, il conseillait de manœuvrer l'armée française sur ses deux flancs (1).

Signalons encore que Bernadotte avait prévu la manœuvre de l'Empereur sur Toula et Kalouga (2).

La suite de sa correspondance ne contient plus que l'annonce des succès des Russes. Avec le retour de la fortune, le ton change; les effusions de cœur dont l'Empereur Alexandre était si prodigue, ont disparu.

Quant à Bernadotte, rien ne l'émeut; en vain, on lui transmet les lettres de ses anciens camarades (3), où est dépeinte la misère de cette armée française, à laquelle il doit sa couronne; jamais un mot de lui ne laisse à supposer qu'il a été Français, qu'il l'a plainte. Son seul désir, est que pas un homme n'en échappe et que ces légions qui, depuis vingt ans, tiennent tête sans relâche à l'Europe, subissent à leur tour les hontes de la capitulation.

« J'espère que l'amiral Tchitchagof, sur la coopération duquel j'ai tant compté pour lui porter les derniers coups, se sera porté dans les environs de Minsk, de manière à lui fermer le passage et à remplir ainsi l'attente de Votre Majesté et celle de l'Europe » (4).

---

(1) *Bernadotte à l'Empereur Alexandre*, Stockholm, 6 octobre. Page 41.
(2) *Bernadotte à l'Empereur Alexandre*, Stockholm, 10 octobre. Page 43.
(3) *Lettres du Prince Eugène*. Page 66.
(4) *Bernadotte à l'Empereur Alexandre*. **Page 53.**

Ne nous étonnons pas de ces paroles ; au début de la campagne, ne fait-il pas des vœux pour que chaque ville et chaque place forte de la Russie ressemble par sa défense à celle de Saragosse (1).

Le souvenir de cette action de guerre où des milliers de ses camarades ont succombé lorsqu'il était encore maréchal de France, ne l'émeut pas.

Le jour de Wagram ne disait-il pas à un de ces Saxons qu'il attaquait systématiquement dans toutes ses lettres à l'Empereur qu'il ne connaissait pas d'infanterie plus brave que l'infanterie saxonne, et qu'il préférerait être infanterist saxon que français (2).

Cet espoir devait être déçu ; la Grande Armée avait pu semer de ses cadavres les steppes glacées de la Russie ; elle avait gardé entière sa foi en son chef. Pour elle : « c'était toujours le grand génie et tout malheureux que l'on était, pourtant, avec lui, on était sûr de vaincre » (3).

Ce sentiment était général ; ce serait une erreur de considérer ces paroles de Bourgogne, comme l'expression d'un fanatisme isolé et exagéré. Les rapports de la police royaliste conservés aux archives nationales signalent les nombreuses rixes entre les prisonniers rentrant en France et leurs camarades qu'ils accusaient d'avoir vendu l'Empereur.

Quelques mois après, un émigré, M. de La Ferronays dépeindra en ces termes, les sentiments des prisonniers qu'il avait rencontrés en Russie : « J'ai remis au jeune de C... qui est ici prisonnier, les lettres de son père. Certes,

(1) *Bernadotte à l'Empereur Alexandre.* Page 23.
(2) *Journal d'un officier saxon pendant la campagne de 1801 (Inédite).*
(3) Bourgogne, *Mémoires.* Page 204.

ce n'est pas un homme mal pensant, eh bien? il est comme tous ses pareils que j'ai vus, fasciné pour son Empereur, il l'adore avec passion. La campagne dernière n'a en rien diminué l'idée que tous se sont faites de son génie.

Pour eux, la rigueur de la saison est la seule cause de leur dernier désastre. Ils sont convaincus, qu'au mois de juillet, leur drapeau reflottera partout. A peine, s'ils admettent que la France puisse souffrir quand elle se couvre de gloire » (1).

La gloire, ce but immatériel pour lequel pendant de longs siècles, tout Français sut sacrifier tous ses intérêts particuliers convaincu de coopérer à la grandeur de la France.

L'énergie de fer de l'Empereur sauvait la Grande Armée de la honte de mettre bas les armes; entourée par trois armées, chacune plus forte que ses débris réunis, elle passait à la Bérésina sur le ventre des armées russes de Tchitchagof et de Wittgenstein, et sauvait au moins son honneur militaire.

Les contemporains attribuèrent très injustement au seul hasard l'issue de la campagne de Russie. Même des hommes, d'un sens aussi droit que le prince de Schwarzenberg, ne voyait pas d'autre cause à un aussi grand désastre. Ecrivant confidentiellement à Metternich, il lui disait : « Voici des événements bien extraordinaires et qui ne rendent nos affaires que plus compliquées, au lieu de les simplifier, comme on avait tout lieu de croire.

« Oh que la chute d'un grand homme est lourde à por-

---

(1) De la Ferronnays, *Souvenirs.* Page 273.

ter! C'est bien le Bon Dieu qui a pris goût à châtier en
personne sa créature.

« Le Saint-Esprit qui, depuis longtemps, était accusé
de partialité, a été mis de côté pour le coup; aussi, en
a-t-on remarqué pendant toute cette campagne, absence
totale. Jamais pédagogue, de la main la mieux exercée
n'en a plus solidement travaillé son sujet, et il faut
avouer que si le Bon Dieu se mêle d'une affaire, il s'en
acquitte en maître. Il y a de la recherche dans le choix
qu'il a fait de ses instruments, et c'est par là qu'il a
trahi le prix qu'il mettait à ne partager sa gloire avec
personne; car il se dit certainement, parmi le nombre
immense d'imbéciles dont la terre abonde, grâce à mes
soins, il n'y a cependant pas d'imbéciles, assez imbéciles,
pour attribuer les désastres inouïs de Napoléon à l'imbé-
cile Kutusof et à son faible souverain, conseillé par un
misérable ministre. Il faut avouer que c'est bien le plus
fameux coup de pied de l'âne qu'un mortel ait jamais eu
la fantaisie d'aller chercher » (1).

Cette appréciation du prince de Schwarzenberg est
certainement très injuste; l'échec de la campagne de
Russie réside uniquement dans la fermeté de l'Empereur Alexandre; ce souverain s'en vantait volontiers; le
5 juillet 1813, il disait à Lebzeltern : « Si je n'avais pas
rejeté avec fermeté les propositions de Napoléon, et
cela, lorsque de nombreuses armées françaises se trouvaient au cœur de la Russie, et partageaient mon empire
en deux parties, lorsque mes préparatifs étaient encore
bien éloignés de leur complet développement, lorsqu'enfin, et cela vraisemblablement n'est pas encore
connu de vous, des mouvements séditieux avaient éclaté

(1) *Schwarzenberg à Metternich*. Bialystock; 24 Décembre (*Inédite*).

dans plusieurs de mes provinces de l'Ouest, où serait aujourd'hui la Russie et mon honneur » (1).

Dans cette courte étude qui, par sa brièveté, est réduite à effleurer bien des questions, j'ai évité soigneusement de donner mon avis; l'histoire est une question de faits : un document vaut mieux que de longues dissertations.

D'ailleurs, à moins d'être d'une *présomption rare*, il est toujours périlleux de discuter des mouvements d'armée; il est assez difficile de tenter de retrouver les motifs qui ont fait agir leurs chefs.

Je n'avais pas non plus à apprécier la conduite de Bernadotte; chacun en jugera d'après, les principes qui règle sa propre vie; *ceux pour qui l'intérêt personnel est le seul but de leurs actions et méprisent le choix des moyens* approuveront la conduite de ce fougueux jacobin de 1793, maréchal d'empire, puis membre de la Sainte-Alliance; il a réussi; ceux, au contraire, qui estiment que la loyauté et un attachement immuable au culte de l'honneur passent avant tout, préféreraient avoir été dans les rangs de ces obscurs soldats dont Bernadotte souhaitait la destruction.

Quelles qu'aient été leurs souffrances, ne les plaignons pas : au prix de leur vie, ils ont eu l'honneur de faire partie de cette armée, à laquelle son chef reconnaissant a décerné le titre de Grande; titre que lui a ratifié la postérité; pour toujours, elle a conquis l'immortalité.

En étudiant l'histoire de leurs campagnes, je me suis toujours efforcé de rester impartial, et l'exposé de leurs actes a suffi à me faire oublier les réalités de l'heure présente. Mais qu'on ne croit pas que j'ai touché à ce

(1) Cité par Oncken. Tome I<sup>er</sup>, page 2.

grand désastre sans émotion, je n'appartiens pas à ceux qui voient en Napoléon, le perturbateur de l'Europe ; mes sentiments sont ceux de ce soldat qui, à la Bérésina, apercevant l'Empereur défiler avec les débris de sa garde, se mit à pleurer et dit à un de ses camarades : « En vérité, mon pays, je ne sais pas si je dors ou si je veille. Je pleure d'avoir vu notre Empereur marcher à pied, un bâton à la main, lui si grand, lui qui nous fait si fiers » (1).

C. G. F.

(1) Bourgogne. *Mémoires*. Page 202.

# CORRESPONDANCE

## DE L'EMPEREUR ALEXANDRE ET DE BERNADOTTE

### PENDANT L'ANNÉE 1812

*Bernadotte à l'Empereur Alexandre.*

*Stockholm, 6 février.*

Sire, l'occupation de la Poméranie suédoise par les troupes françaises engage le Roi à dépêcher le comte de Lœwenhielm, son aide de camp général, près de Votre Majesté Impériale. Cet officier qui jouit de toute la confiance de son souverain, est chargé de faire connaître à Votre Majesté les motifs qui ont servi de prétexte à cette invasion diamétralement opposée aux traités existants.

Les côtes de la Méditerranée, de la Hollande et de la Baltique successivement réunies, l'intérieur de l'Allemagne cerné, ont dû faire entrevoir aux princes les moins clairvoyants que les règles de la politique, mises de côté, allaient incessamment faire place à un système qui, détruisant toute espèce d'équilibre, réunirait une foule de nations sous un même chef.

Les monarques tributaires, effrayés de cette domination toujours croissante, attendent consternés le développement de ce vaste plan.

Au milieu de ce deuil universel, le regard des hommes se tourne vers Votre Majesté. Déjà il s'élève et vous contemple, Sire, avec la foi de l'espérance; mais souffrez que j'observe à Votre Majesté, il n'est, dans aucun succès de la vie, rien de comparable à la magie du premier instant. Tant que son pouvoir dure, tout dépend de celui qui veut agir. Les esprits

1

étonnés sont incapables de réfléchir et tout cède à la volonté et à l'impulsion de charme qu'ils craignent ou qui les attire.

Veuillez, Sire, recevoir avec bonté l'expression de ma reconnaissance pour les sentiments que Votre Majesté me témoigne. S'il me reste encore des vœux à former, ce n'est que pour la continuation d'un bonheur, dont je serai toujours digne par le prix que j'y attache.

### L'Empereur Alexandre à Bernadotte.

*13 février-25 février.*

Monsieur mon Frère et Cousin, j'ai reçu avec beaucoup de satisfaction la lettre que le comte de Lœwenhielm m'a remise de la part de Votre Altesse Royale, et elle sait déjà comme, avant que de recevoir sa lettre, j'avais envisagé l'envahissement de la Poméranie. Le tableau qu'elle me fait de ce qui se passe aujourd'hui en Europe et du sort qui l'attend est de main de maître. J'abonde parfaitement dans le sens de Votre Altesse Royale. Il m'est peut-être réservé une tâche difficile, mais je ne dois pas me dissimuler qu'il faut que je l'accomplisse, et je la remercie de tout ce qu'elle me dit d'obligeant à cette occasion. Je pense que l'attitude que j'ai prise et la conduite que je tiens fait travailler l'opinion en ma faveur plus que ne le feraient des paroles.

J'attache un prix particulier à l'estime de Votre Altesse Royale et j'ai un désir extrême de faire connaissance personnelle avec elle. Je suis certain que j'en retirerai profit et satisfaction; l'utilité générale en sera peut-être le résultat.

Je prie Votre Altesse Royale d'être bien persuadée de tous les sentiments qu'elle m'inspire, des vœux que je fais pour ses succès et sa prospérité, et de recevoir ici l'assurance de l'amitié et de la considération très distinguée.

*L'Empereur Alexandre à Bernadotte.*

*26 février-10 mars.*

Je me suis empressé d'expédier le général de Suchtelen à Stockholm pour achever l'œuvre si bien commencée d'une union étroite des puissances du Nord; c'est elle seule qui peut opposer un contre-poids à la puissance toujours croissante de la France, appuyée par les États qui lui sont tributaires. La Suède et la Russie vont donner l'exemple.

Il y a à espérer qu'il sera suivi par d'autres puissances. Les talents éminents de Votre Altesse Royale seconderont essentiellement cette grande œuvre. Il lui est réservé de jouer un bien grand rôle en marchant sur les traces de Gustave-Adolphe, d'achever ce qu'il n'a pu que commencer; mais à cette œuvre politique, je joins une autre beaucoup plus essentielle encore, d'après ma manière de voir, c'est celle de faire renaître les idées libérales en Europe, de la préserver de cette barbarie à laquelle elle marche à si grands pas, celle enfin de tourner la conception au bonheur de cette malheureuse humanité oppressée si impitoyablement depuis tant d'années.

Quant à moi, prêt à seconder les grandes vues de Votre Altesse, elle trouvera constamment en moi un ami, un émule et non un rival jaloux de sa gloire; y concourir, me paraît encore une bien belle vocation. C'est celle que je veux remplir; que la confiance la plus intime préside à notre ouvrage, c'est elle seule qui peut en assurer le succès. Je lui promets de mon côté qu'aucune vue cachée ou aucune arrière-pensée ne m'occupera un instant. Je lui demande la même réciprocité. J'ose le dire, par nos sentiments mutuels, nous sommes faits pour nous entendre et les intérêts de nos deux États, heureusement si bien amalgamés, nous en imposent encore l'obligation. Puisse la Providence devoir couronner une entreprise dont le but est le bonheur des hommes et des pays qu'ils habitent. Je demande instamment à Votre Altesse qu'elle m'assiste de ses conseils et de ses lumières, et je la prie d'agréer l'assurance des sentiments d'estime et d'amitié que je lui ai voués pour toujours.

### Bernadotte à l'Empereur Alexandre.

*Stockholm, 1er avril.*

J'ai reçu la lettre dont Votre Majesté Impériale m'a honoré sous la date du 13 février, et M. le général Suchtelen, m'a remis celle du 26 du même mois. Je me flatte, de la bienveillance qu'elle me témoigne, et je serai heureux de voir arriver le moment où je pourrai lui assurer personnellement combien je désire que les liens qui vont se former entre son Empire et la Suède soient stables.

J'ai vu avec une vive satisfaction que, quelqu'active que soit la tactique de ceux qui cherchent à semer de la méfiance pour paralyser des Etats, Votre Majesté juge le roi de Suède et moi, comme la loyauté de nos sentiments communs le mérite. Qu'elle ne doute donc jamais de l'envie bien prononcée que nourrit mon cœur de seconder les nobles efforts de Votre Majesté. Tout me deviendra facile aussitôt que je verrai ma patrie assurée par une acquisition devenue nécessaire, et c'est alors que je pourrai prouver plus efficacement à Votre Majesté le prix que j'attache à la confiance qu'elle repose en moi. M. le comte de Neipperg, ministre d'Autriche, m'a donné communication d'une lettre de M. le prince de Schwarzenberg, en date du 14 de ce mois, annonçant un traité d'alliance entre la France et l'Autriche. Cette lettre lui prescrit de faire usage de tous ses moyens et du crédit dont il jouit à la cour de Suède pour la déterminer à entrer dans l'alliance du continent contre Votre Majesté; de présenter même la réoccupation de la Finlande comme la conséquence naturelle du traité. M. de Neipperg ayant fait la même communication au ministre du roi, il y a répondu par une note que M. le comte de Lœwenhielm mettra sous les yeux de Votre Majesté.

M. le général de Suchtelen a été instruit de tout et je me suis concerté avec lui avant de répondre. Je pense qu'il explique à Votre Majesté les raisons qui ont déterminé le roi à faire donner cette note.

Les sollicitudes des agents français pour propager l'opinion que Votre Majesté provoque la guerre, me fait croire que l'Empereur Napoléon voudrait l'ajourner. M. le comte de Neipperg m'assure qu'il serait disposé à se prêter à un rapprochement, et que l'empereur, son maître, le désire. Si les hostilités ne sont point commencées, je ne vois rien, Sire, qui, dans cette proposition, puisse être nuisible aux intérêts du Nord ; en gagnant du temps, nous nous créons des amis et la justice de notre cause mine sourdement cette puissance d'opinion qui a été jusqu'ici le principal mobile des succès de l'Empereur Napoléon. La probabilité d'un éloignement d'hostilités entre le Nord et la France facilitera à Votre Majesté le moyen de terminer la guerre contre la Porte, et je pense qu'elle doit faire tous les sacrifices possibles pour y parvenir. Le Grand Seigneur, éclairé sur les dangers qui le menacent, se liera peut-être avec Votre Majesté, l'Angleterre et la Suède ; il pourra y être plus facilement déterminé si on lui offre la perspective de reprendre sa protection sur Raguse et les Sept Iles, avec l'acquisition de la Dalmatie.

Je soumets ces idées aux lumières de Votre Majesté, et je la prie de se convaincre que je n'ai d'autre but que sa gloire personnelle et l'indépendance du Nord.

## L'Empereur Alexandre à Bernadotte.

*Tsarkoïé-Sélo, 9 avril-21 avril.*

Monsieur mon Frère et Cousin, je m'empresse de répondre à la lettre que Votre Altesse Royale a bien voulu m'écrire en date du 1er avril, et à toutes les considérations intéressantes que le général Suchtelen m'a transmises de sa part (1). Je ne puis assez la remercier de toute la confiance qu'elle me témoigne, et Votre Altesse verra des preuves de celle que je lui porte en toutes les occasions.

J'éprouve une grande satisfaction de ce que les liens solides et avantageux pour nos deux États viennent de cimenter l'union qui s'était déjà établie entre nous. Le traité signé à Pétersbourg, pour le fond, est de la même teneur que celui signé à Stockholm, et fait foi de tout le désir que j'éprouve de procurer de grands avantages à la Suède. Je le crois néanmoins plus analogue aux circonstances actuelles et en même temps plus conforme aux stipulations de celui de Gatchina que le ministre de Sa Majesté le roi a proposé comme devant servir de base.

Les nouvelles sur l'Autriche sont fâcheuses; mais avec de la persévérance et de la fermeté, j'espère que nous nous tirerons avec avantage de cette lutte qui se prépare.

Toutefois, je partage l'opinion de Votre Altesse Royale de ne pas repousser les offres que l'Empereur Napoléon pourra nous faire pour l'établissement d'un congrès, pourvu qu'on prenne pour premier principe dans ces négociations l'indépendance des puissances du Nord.

Comme il est difficile cependant de croire que l'Empereur Napoléon voulût admettre une base pareille, je suis d'opinion qu'il faut tout préparer pour, qu'au cas contraire, nous puissions mettre tous les moyens en jeu pour lutter avec

(1) Rapport de Suchtelen, 3o mars 1812. *Recueil de la Société impériale d'histoire de Russie*, Tome XXI. Pages 421-446.

avantage contre nos ennemis. Un grand plan me semble devoir être embrassé. Les nations slaves, belliqueuses par leur nature, étant stimulées, formeront un ensemble imposant et, réunies aux mécontents de la Hongrie, produiront une diversion puissante contre l'Autriche et les possessions françaises de l'Adriatique.

Dans des chances heureuses, il ne sera pas impossible même de pénétrer par la Bosnie et la Croatie assez avant pour se mettre au contact avec les Tyroliens, et par là avec la Suisse. J'envoie l'amiral Tchitchagof, homme de tête, pour tout organiser en conséquence ; mais il serait urgent que l'Angleterre voulût nous seconder puissamment tant sur la Baltique par ses armements maritimes, et en prenant à sa solde les bataillons allemands qu'on pourrait former, si la défection s'introduit dans les troupes de la Confédération, tout en fournissant de l'argent et des munitions aux Slaves qui agiront pour cette cause de l'indépendance générale.

Je pars aujourd'hui pour Vilna parce que, d'après les nouvelles que j'ai reçues, les Français approchent de Kœnigsberg. Cependant, sans la plus urgente nécessité, j'éviterai d'être l'agresseur, mais, étant sur les lieux, je pourrai mieux juger de l'état des choses et des mesures à prendre.

J'ai invité le général Lœwenhielm de venir me rejoindre dans quelque temps. Je prie Votre Altesse Royale de continuer à m'éclairer de ses conseils et d'être convaincue de tous les sentiments d'attachement et d'estime que je lui porte.


*Bernadotte à l'Empereur Alexandre.*

*Orebro, 19 avril.*

Le général Tawast se rend auprès de Votre Majesté Impériale pour lui faire part de la mission dont le roi l'a chargé près de la Porte Ottomane. Votre Majesté jugera s'il doit continuer son voyage jusqu'à Constantinople.

Le roi souhaite vivement que Votre Majesté puisse terminer la guerre qu'elle soutient contre la Turquie; cette paix était l'objet de nos vœux, même avant que la France eût pris l'attitude menaçante qu'elle a aujourd'hui; maintenant ils ne peuvent que s'accroître, car votre cause, Sire, est celle de tous les princes qui pensent à leur existence politique et à leur sûreté personnelle.

La Porte, il est vrai, manquant d'argent, d'armes et de munitions nécessaires pour la continuation de la guerre, ne peut pas, pour le moment, donner de grandes inquiétudes à Votre Majesté, mais la coopération de ses troupes avec l'armée autrichienne pourrait devenir de quelque poids, et Votre Majesté me permettra de lui expliquer combien je désire que cette réunion ne s'opère point. La paix avec la Porte donne à Votre Majesté la disposition de son armée du Danube, avec laquelle il lui sera facile de contenir les Autrichiens sur leurs frontières et si, comme je l'espère, nous parvenons à conclure un traité d'alliance avec le Grand Seigneur, l'Autriche sera forcée de rompre celle qu'elle vient de contracter avec l'Empereur Napoléon, car elle aurait deux grands écueils à éviter : d'abord, les résultats du mécontentement qui règne en Hongrie, et ensuite le danger de se voir à la fois menacée par les armées de Votre Majesté et par celles de la Porte.

J'ai frémi en apprenant les dangers auxquels Votre Majesté a été exposée; je la félicite du fond de mon cœur d'être parvenue à découvrir les trames qui tendaient à détruire son Empire.

Votre Majesté a donné dans cette circonstance une grande preuve de clémence. Dieu veuille qu'elle soit profitable à ses sujets pour qu'ils évitent à l'avenir à Votre Majesté la douloureuse nécessité de faire de plus grands exemples.

*Bernadotte à l'Empereur Alexandre.*

*Orebro, 4 mai.*

Le désir qu'a le roi d'exécuter fidèlement le traité conclu par M. le comte de Lœwenhielm avec M. le comte de Roumiantsof, lui a fait porter une attention particulière sur les deux articles relatifs à la nourriture et aux transports des troupes. Il voit avec chagrin que le peu d'étendue de ses moyens puisse paralyser leur exécution.

M. le général de Suchtelen, pénétré de notre pénurie, accorda que les troupes seraient nourries aux frais de Votre Majesté jusqu'à leur entrée sur le territoire ennemi. Si Votre Majesté voulait fournir à leur subsistance pendant deux mois, cette dépense serait d'une faible conséquence pour la Russie, et elle devient infiniment majeure pour la Suède.

Le roi se chargera volontiers des transports, mais il souhaite que Votre Majesté veuille lui rembourser ses frais en blé ou autres denrées dont la Suède a besoin.

Le roi m'a chargé, Sire, de soumettre ces demandes à Votre Majesté. Je la prie de vouloir bien être convaincue que, quelle que soit sa décision à cet égard, nous n'en serons pas moins invariablement attachés à sa personne et à sa politique.

Il me reste à remercier Votre Majesté de la bonté qu'elle a eue de m'envoyer l'état général de ses forces militaires.

Je suis infiniment sensible à cette marque de confiance. En parcourant cet état des forces de Votre Majesté, j'ai remarqué avec un extrême plaisir qu'il était impossible qu'elle pût éprouver des revers. Votre Majesté à la tête de ses armées doit nécessairement électriser les âmes et réunir autour d'elle cette volonté de vaincre qui fait leur principale force, et qui décide du destin des Etats. Mais, Sire, malgré ma conviction que Votre Majesté ne doit pas craindre de revers, qu'il me soit permis de lui dire que la persévérance dans une résolution prise conduit infailliblement à des résultats heureux. La cause que Votre Majesté défend est celle des nations, appuyée par 400.000 braves qui exécute-ront fidèlement ses ordres; elle peut se dire avec satisfac-tion qu'en combattant pour l'humanité, la capitale de l'Europe se trouvera toujours au milieu de son camp.

### L'Empereur Alexandre à Bernadotte (1).

*Vilna, 24 mai-5 juin.*

Monsieur mon Frère et Cousin, j'ai reçu les lettres que Votre Altesse Royale a bien voulu m'écrire d'Orebro, le 19 avril et du 4 de mai. En lui témoignant ma reconnaissance pour les sentiments qu'en toute occasion elle veut bien me témoigner et tout le prix que j'y attache, je la prie de croire qu'elle n'a pas d'ami plus attaché et plus sincère que moi, et que ma cause est irrévocablement liée à la sienne.

Je me suis empressé de déférer au désir du roi sur les deux articles du traité de Pétersbourg en les modifiant en conséquence.

J'ai invité le comte de Lœwenhielm de se rendre auprès de moi pour se rapprocher par là de la scène des événements qui se préparent. En attendant qu'il arrive et que je puisse lui communiquer in-extenso toutes les dépêches qui me sont arrivées de Paris, j'ai donné ordre à mon ministre d'en envoyer des extraits au général Suchtelen, pour être mis sous les yeux de Votre Altesse. Elle peut compter en toute occa-sion sur une franchise entière de ma part, que j'envisage maintenant comme un devoir d'amitié entre nous.

Quoique l'Empereur Napoléon ne parle que de désirs pacifiques de son côté, ses armées s'approchent toujours davantage, et tout prend de plus en plus une apparence hostile. Sans repousser, d'après le désir de Votre Altesse, toute voie d'accommodement, pourvu qu'elle puisse se con-

---

(1) Déjà publiée par Lumbroso, *Miscellenea Napoleonica*, Tome IV. 687, d'après l'original.

cilier avec l'indépendance et la sécurité du Nord de l'Europe, je suis tout prêt à entrer en lice avec lui et à repousser la force par la force.

Je prie Votre Altesse de confier en secret au roi, de ma part, que la paix avec les Turcs a été signée le 28 mai, à Bucharest, en donnant pour limite à mon empire le Pruth jusqu'à son embouchure dans le Danube et ce fleuve jusqu'à son confluent dans la Mer Noire. J'attends pour la publier les ratifications du visir et celles du Grand Seigneur. Ainsi les vœux de Votre Altesse et ceux du roi se trouvent accomplis. Je ne le remercie pas moins pour la mission du général Tawast et pour les instructions dont il a été muni. Il sera très utile dans les circonstances présentes pour consolider l'union avec la Porte et contribuer à conclure avec elle un traité d'alliance offensive et défensive.

Je félicite bien sincèrement Votre Altesse sur l'union et la marche si conforme à ses vœux qu'elle a su imprimer à la Diète. Rien ne prouve mieux les talents éminents qui la distinguent, et personne ne prend plus de part que moi à ses succès.

La revue de mes troupes m'a laissé un seul regret, celui de ne pouvoir présenter mon armée à Votre Altesse et la consulter sur les opérations de la campagne. Ses conseils fondés sur l'expérience et ses talents auraient pu avoir une influence si majeure dans la grande lutte qui se prépare ! J'expédie ma lettre par voie de mer, en me servant d'un des bâtiments de l'escadre légère qui croise devant nos côtes.

Avant d'achever, qu'elle me permette de la remercier pour tout l'intérêt qu'elle a pris à la découverte que j'ai faite des menées sourdies autour de moi. Cependant je dois rectifier son jugement ; j'ai plus de soupçons que de données certaines, mais ils m'ont suffi pour ne pas balancer un instant dans les circonstances présentes à éloigner les individus impliqués. Des preuves auraient suspendu en moi toute clémence, et je me serais cru appelé par les devoirs de ma place à sévir contre les coupables.

*Bernadotte à l'Empereur Alexandre.*

*Orebro, 26 mai.*

Je reçois à l'instant de Paris la copie d'une note adressée de Pétersbourg au ministre des relations extérieures de France. Je crois devoir la communiquer à Votre Majesté Impériale, parce que son contenu intéresse de trop près la cause du Nord. Cette note porte que deux jours avant le départ de Votre Majesté pour l'armée, M. de Blum, ministre de Danemark, fut appelé à conférer chez M. le comte de Roumiantsof. Le chancelier lui dit que Votre Majesté avait été vivement affectée en apprenant que le roi de Danemark s'unissait aux ennemis de la Russie; que le Danemark n'aurait jamais dû oublier que, constamment appuyé et protégé par elle, il lui devait son existence; que Votre Majesté avait déjà entendu parler de cette nouvelle sans vouloir y croire, mais que maintenant elle n'était plus douteuse; que les troupes danoises se concentraient dans le Holstein et qu'elles devaient former la garnison de Hambourg et de Lubeck. M. le chancelier ajouta : « Je suis chargé de vous déclarer formellement que l'exécution de ce projet sera regardé par Sa Majesté l'Empereur comme un commencement d'hostilité. Pendant que vous vous livrez à cette défection, nous avons à nous féliciter de trouver dans la Suède une puissance amie, assez éclairée pour unir ses intérêts aux nôtres contre les entreprises et l'ambition de la France; ainsi vous devez penser que si, dans les circonstances présentes, la Suède trouve quelques avantages à vous attaquer et, pour ne pas le cacher, à conquérir la Norvège, nous ne ferons rien pour l'en détourner; la nature de nos liaisons avec cette puissance nous portera, au contraire, à lui conseiller cette entreprise. Vous avez été séduits, comme plusieurs cabinets, par les menées de l'Empereur Napoléon pour entraîner dans sa querelle des souverains que nous

devions regarder comme amis et dont il a médité la ruine;
l'avenir vous prouvera que leur conduite comme la vôtre est
aussi mal calculée qu'elle est injuste. » Depuis cette conversation, M. de Blum ajoute qu'il avait eu occasion, plusieurs
fois pendant l'entretien, de se convaincre qu'il y avait déjà
des points fixés et convenus avec la Suède, et des stipulations signées.

Il est fâcheux, Sire, que M. le comte de Roumiantsof ait été
obligé de livrer aussitôt une confidence qui met à découvert
tous nos projets. On m'écrit de Paris, en date du 8, que M. le
comte de Narbonne reçoit l'ordre de quitter Berlin pour se
rendre près de Votre Majesté, chargé des propositions conci-
liantes de l'Empereur Napoléon. Il n'est pas douteux que ce
monarque veut gagner du temps, pour se prémunir contre les
dangers dont il est menacé dans son intérieur et pour mieux
consolider ses desseins sur l'Orient. Il ajourne ainsi la destruction de la Russie que sa politique médite, jusqu'à ce qu'il
puisse l'attaquer avec des forces assez considérables pour la
réunir à sa monarchie universelle qui est le cadre de son
ambition.

Si l'Empereur Napoléon offre la paix à Votre Majesté, elle
sera de courte durée, s'il ne la propose sur des bases propres
à donner sûreté pour le présent et garantie pour l'avenir.
Dans ce cas, nous sommes, le roi et moi, pleins de confiance
en Votre Majesté et nous osons croire qu'elle stipulera la
cession de la Norvège à la Suède. Ce n'est que par cet agran-
dissement de territoire qu'elle peut véritablement être utile
à Votre Majesté. En restant dans son état actuel, son intérêt
la liera nécessairement à la France, parce que celle-ci lui
présentera toujours comme objet d'indemnité la Norvège ou
la reprise de la Finlande; mais la sûreté du Nord réclame,
Sire, que la Suède ne fasse l'acquisition de la Norvège que
par l'entremise de Votre Majesté. C'est par elle que les
anciennes divisions qui ont si longtemps agité ces deux pays
disparaîtront et que le peuple suédois pourra, en comptant

invariablement sur l'amitié de la Russie, reconnaître que c'est la seule alliance qui lui convienne sur le continent. La Suède sera bientôt prête à seconder Votre Majesté pour le maintien de l'indépendance du Nord ; mais, Sire, il est un point important sur lequel je crois devoir m'ouvrir à Votre Majesté, c'est la paix avec l'Angleterre ; son alliance ne doit pas nous être indifférente. En outre des secours qu'elle fournira, sa marine peut opposer des diversions utiles. Si Votre Majesté trouvait à propos de faire entamer cette négociation, j'ose croire qu'elle serait promptement terminée, j'en suis même convaincu par les raisonnements de l'envoyé qui se trouve ici. Il m'a dit que son Altesse Royale verrait avec grand plaisir que cet objet fût traité de suite, mais je dois aussi, quoique avec peine. dire à Votre Majesté, que, sans ce préalable, il est possible que nos opérations soient contrariées.

### L'Empereur Alexandre à Bernadotte.

*3 juin-15 juin.*

Monsieur mon Frère et Cousin, le comte de Lœwenhielm à son arrivée ici m'a remis la lettre de Votre Altesse Royale du 26 mai. Son contenu me prouve l'activité de nos ennemis communs pour nous désunir, en nous inspirant de la méfiance et des soupçons. J'espère que mon caractère personnel est assez connu de Votre Altesse et qu'elle ajoute quelque confiance à mes assertions. Je peux lui garantir positivement que jamais propos pareils n'ont été tenus par le chancelier comte de Roumiantsof à M. de Blum.

Dans une conférence qu'il a eue par mes ordres avec ce dernier, il lui a exprimé tout l'étonnement que j'étais en droit d'exprimer de la complaisance avec laquelle le Danemark avait mis un corps de son armée à la disposition de la France, et avait procuré, par là, à celle-ci la possibilité de renforcer son armée sur la Vistule de toutes les troupes relevées par celles de Danemark : et qu'une conduite pareille, si la guerre éclatait, me dégagerait de tous mes liens envers ce pays ; rien de plus n'a été ajouté, et pour en présenter à Votre Altesse une preuve plus convaincante, je joins ici copie d'une dépêche chiffrée de mon ministre à Copenhague, dont j'ai fait lire l'original sur le chiffre même au comte de Lœwenhielm.

Cette dépêche contient la réponse de M. de Rosenkrantz au rapport fait par M. de Blum de sa conférence avec le chancelier. Les expressions mêmes de cette réponse prouvent à Votre Altesse que les communications qu'elle a reçues de Paris, ont été composées à dessein pour nous brouiller. Je lui répète ici que les intérêts de la Russie sont irrévocablement liés à ceux de la Suède, et qu'elle a en moi un allié loyal. Les communications transmises par M. de Narbonne n'ont été qu'un tissu de griefs contre la Russie, faux ou dont les faits étaient complètement dénaturés. Elle se terminait par celle de la démarche faite par l'Empereur Napoléon envers l'Angleterre. Ces pièces, de même que ma réponse, ont été vues par le comte de Lœwenhielm. Il paraît, d'après toutes les données, que la guerre va éclater sous peu, les armées françaises se trouvant déjà presque sur mes frontières Ce courrier-ci porte au général de Suchtelen les pleins pouvoirs pour conclure ma paix avec l'Angleterre. Je n'y ai mis qu'une condition, c'est que l'acte par lequel l'Angleterre stipulera des subsides à la Suède soit signé en même temps. J'ai pensé que ce serait un motif de plus pour l'Angleterre de les accorder. J'ai la satisfaction d'annoncer en même temps à Votre Altesse que les ratifications de visu pour la paix avec la Porte sont arrivées, et que M. d'Italinsky a obtenu ses passeports pour se rendre en qualité de mon ministre à Constantinople, pour y négocier l'alliance. J'espère que Votre Altesse verra par toutes les facilités que j'ai mises à adhérer aux demandes du comte de

Lœwenhielm, tout le prix que j'attache à l'alliance avec la Suède et tout le désir que j'ai de lui être agréable ainsi qu'à sa Majesté le Roi. Je prie...

*Bernadotte à l'Empereur Alexandre.*

*Orebro, 27 juin.*

J'ai à remercier Votre Majesté Impériale des détails qu'elle a bien voulu prendre la peine de me donner par ses lettres des 24 mai et 3 juin.

La nouvelle de la paix avec les Turcs et l'empressement du visir à ratifier le traité ont produit sur moi une sensation bien agréable. Je vois avec plaisir que Votre Majesté, en terminant une lutte désormais sans but pour la prospérité de son empire, a déjoué les projets de ses ennemis qui calculaient depuis longtemps sur les chances que pouvait leur offrir la continuation de cette guerre, et tout me fait espérer que la sanction du Grand Seigneur rendra infructueuses les intrigues des agents français à Constantinople. La politique de l'Empereur Napoléon consiste à diviser les grands États; en parvenant à les armer les uns contre les autres, il exécute son projet de les affaiblir et il aplanit ainsi les obstacles qu'il rencontre depuis quelques années dans l'exécution de ses projets de monarchie européenne. La paix que Votre Majesté Impériale vient de conclure, en même temps qu'elle est honorable pour ses armes, n'est pas humiliante pour l'empire ottoman, et cette transaction, basée sur les besoins des deux Etats, promet à Votre Majesté de retrouver dans le Sultan un allié qui pourra lui devenir utile. A cette considération puissante, se joint le grand avantage que retire Votre Majesté, puisqu'elle rétrécit sa ligne d'opération, et qu'ainsi son armée du Danube peut former un corps imposant pour appuyer sa gauche qui, jusqu'ici, m'a paru un peu découverte.

L'habitude qu'a l'Empereur Napoléon de manier de grandes

armées, doit nécessairement lui donner de la confiance ; mais
si Votre Majesté peut bien ménager ses moyens, si elle ne se
trouve pas forcée d'accepter une bataille générale, et qu'elle
puisse réduire la guerre à des marches et à des combats
partiels, l'Empereur Napoléon commettra indubitablement
quelques fautes dont Votre Majesté pourra profiter. Le hasard
l'a, jusqu'à présent, parfaitement secondé ; car en matière
militaire, comme en politique, il n'a dû ses succès qu'à la
nouveauté de ses systèmes ; mais si des masses bien mobiles
sont dirigées avec promptitude sur ses points faibles et mal
appuyés, il n'est pas douteux que Votre Majesté obtiendra
des résultats heureux, et que la fortune fatiguée de servir
l'ambition viendra enfin se fixer dans les rangs où l'honneur
et l'humanité commandent.

Le rapport qui me fut fourni des bureaux du Duc de Bassano était tel que le ministre danois l'avait fait parvenir
à Paris. J'aurais cru manquer à la confiance que Votre
Majesté m'inspire à si juste titre, si j'avais hésité un seul
instant à lui en donner connaissance. Ce qu'elle a la complaisance de me dire sur cet objet me prouve que l'astu-
cieuse politique du gouvernement français est bien secondée
par les cours qui suivent aveuglément son système. Au
reste, je prie Votre Majesté de croire que rien ne pourra
jamais ébranler la résolution prise par le roi et par moi de
la seconder de tous nos moyens et de tous nos efforts.

M. Thornton a refusé de traiter avec M. le général de
Suchtelen sur les bases que M. le comte de Roumiantsof a
établies, parce que ses instructions lui prescrivent de ne
point accepter à la charge de la Grande Bretagne la dette
de 85 millions de florins. Il a aussi déclaré n'être nullement
autorisé à promettre à la Suède un million de livres sterling,
à titre de subsides. Ces réponses ont arrêté la négociation.
M. de Suchtelen demande par ce courrier de nouveaux
pouvoirs à M. le comte de Roumiantsof. M. Thornton instruit
aussi son gouvernement de l'état des choses et sollicite la

2

permission d'inscrire dans un article additionnel la promesse de conclure avec la Suède un traité de subsides jusqu'à concurrence d'un million, et sous la condition qu'elle s'obligera de rembourser la moitié de cette somme après la réunion de la Norvège. J'avouerai avec peine à Votre Majesté Impériale, que je redoute les suites de ces contrariétés par la grande influence qu'elles peuvent avoir sur l'ensemble de nos opérations. La belle saison dans les parages du Nord est de courte durée, et il est important, Sire, d'en profiter. Le mouvement que j'opérerai doit nécessairement produire des effets utiles pour ceux de Votre Majesté, puisque je me trouverai sur le derrière de l'armée de l'Empereur Napoléon et sur les frontières de son empire. Mais si des objets de peu de considération sous le rapport de grand intérêt me paralysent encore quelque temps, je regarderai ce retard comme un grand malheur pour le succès de la cause dont Votre Majesté Impériale s'est si généreusement déclarée le chef.

Je n'ai qu'à me louer des opérations de la Diète, et j'ai tout lieu d'espérer que la fin de ses travaux assurera l'intégrité et l'indépendance de la Suède.

Maintenant, Sire, mon seul désir et la seule ambition qui me domine, c'est d'être utile à la grande cause pour laquelle Votre Majesté est prête à combattre et un de mes beaux jours sera sans doute celui où je pourrai par des faits prouver à Votre Majesté l'attachement personnel qui me lie à Elle sans réserve et avec lequel..., etc.

### L'Empereur Alexandre à Bernadotte. (1)

*Vilna, 13 juin-25 juin.*

Monsieur mon Frère et Cousin, je m'empresse d'avertir Votre Altesse Royale que la guerre a éclaté. Ce sont

(1) Déjà publiée par Lumbroso, *Miscellanea Napoleonica*, Tome IV p. 690, d'après l'original.

les armées françaises qui viennent, il y a quelques heures, de violer mon territoire en y entrant à main armée, à quelques verstes au-dessus de Kovno, sans que la Russie ait prêté le moindre prétexte à la France pour le faire. Je compte fermement sur la Providence divine, la bonté de ma cause et la bravoure de mes armées.

Je mets aussi une entière confiance dans l'amitié du roi et de Votre Altesse Royale. Je donne ordre au général Suchtelen de n'attendre que vos ordres pour l'expédition convenue.

*L'Empereur Alexandre à Bernadotte.*

*Widzouï, 22 juin-4 juillet.*

C'est hier que j'ai reçu la lettre de Votre Altesse Royale, du 27 juin. Je ne peux assez lui exprimer combien je suis sensible à tous les sentiments qu'elle veut bien me témoigner.

Par les notions que le comte de Lœwenhielm donnera à Votre Altesse et par les bulletins ci-joints, elle verra que, fidèle aux principes énoncés dans les lettres de Votre Altesse et qu'elle me trace encore dans sa dernière avec tant de justesse, je fais une guerre de lenteur et puisqu'une force supérieure marche sur moi, je me retire en concentrant mes forces sur une position fortifiée que j'ai fait préparer à ce but sur la Dwina. En attendant, j'ai fait prendre l'offensive à la 2e armée, en la dirigeant sur la droite de celle de l'ennemi qui marche sur Nesvij, de même qu'un corps considérable de cosaques pour le harceler. Je continuerai à instruire Votre Altesse successivement des événements importants de cette guerre. En attendant, qu'elle se persuade que, puisqu'une fois elle est commencée, ma ferme résolution est de la faire durer des années, dussé-je combattre sur les rives du Volga. Je donne l'ordre à mes plénipotentiaires de tout terminer avec M. de Thornton et de se désister de la demande que j'avais faite. J'espère que Votre Altesse y verra une nouvelle preuve de mon désir de satisfaire la Suède, mais en même temps, je soumets à ses réflexions toute l'importance de ne pas différer la diversion convenue, et d'y employer le reste de la belle saison. Pour que la cause sacrée que nous soutenons triomphe, il faut une concordance dans les mesures adoptées et un ensemble dans le plan; aussi j'aime à croire que Votre Altesse ne remettra pas à me seconder puissamment par sa coopération.

### Bernadotte à l'Empereur Alexandre.

*Orebro, 6 juillet.*

M. le général de Suchtelen m'a remis la lettre que Votre Majesté Impériale me fit l'honneur de m'écrire le 13/25 juin. L'Empereur Napoléon vient de se conduire envers la Russie, comme il le fit envers l'Autriche en 1805, et envers la Prusse en 1806; n'ayant aucun grief, pour un manifeste, il viola leur territoire sans déclaration de guerre préalable. Ces deux souverains étaient alors les alliés de Votre Majesté; entraînés par la timidité de leur politique, ils le sont aujourd'hui de l'Empereur Napoléon qui vengera Votre Majesté en les punissant lui-même de leur défection à la cause de l'Europe.

Le passage que l'Empereur Napoléon vient d'effectuer à Kovno me paraît bien hasardé, car si Votre Majesté a pu avoir 200.000 hommes sous sa main, et qu'elle ait marché pour l'attaquer, en même temps que le corps de 10.000 cosaques placé à Bialystock se sera porté sur ses derrières pour intercepter ses convois, détruire ses réserves d'artillerie et sabrer ses traîneurs, je ne mets aucun doute qu'elle n'ait obtenu un succès des plus brillants. Si, au contraire, la grande ligne de Votre Majesté n'était pas concentrée et que l'ordre dans lequel elle se trouvait placée, ne lui ait pas permis d'opérer ce mouvement, je pense que ma lettre trouvera une partie des armées de Votre Majesté derrière la Dwina. Ce

serait fâcheux sans doute, puisque de belles provinces, parti-
culièrement la Lithuanie, se trouveraient envahies et que
l'Empereur Napoléon pourrait facilement réaliser son projet
de rétablir le royaume de Pologne. Nous avons à regretter,
Sire, de ne l'avoir pas prévenu dans une affaire d'une importance aussi majeure ; je m'en étais expliqué depuis longtemps
avec M. le général de Suchtelen. Mais quoique l'élection d'un
roi de Pologne paraisse maintenant manquée pour la Russie,
je n'en crois pas moins nécessaire de persister dans ce projet,
en faisant proposer la couronne au prince Poniatowski. Je
puis assurer Votre Majesté, d'après des notions qui me sont
parvenues, que ce prince paraît n'avoir pas encore renoncé
entièrement à l'espoir de monter sur le trône de son oncle,
et je serais bien trompé s'il ne compte pas toujours sur
l'assistance de Votre Majesté. C'est à elle à juger dans sa
sagesse si l'armée polonaise peut être détachée, et si, faisant
mouvoir les ressorts qui flattent les hommes et éblouissent
les nations, l'on pourrait arracher ces contrées fertiles à
l'influence de l'Empereur Napoléon. Des succès balancés
serviraient pour décider les Polonais, tandis que ses victoires
les plus complètes n'auraient aucun attrait pour eux, car
tous le haïssent intérieurement et ne servent sa cause que
parce que la fortune le seconde.

Si l'Empereur Napoléon marche sur la Dwina pour en
forcer le passage, et que Votre Majesté Impériale veuille
se défendre en attaquant brusquement les têtes de colonne
lorsqu'elles parviendront sur la rive droite, il pourra se
repentir de sa témérité, surtout, si les troupes légères
irrégulières de Votre Majesté peuvent rester entre la Dwina
et le Niémen pour en contenir les habitants, même les
forcer à s'armer à l'imitation des Espagnols. Dans tous les
cas, Sire, si la gauche de votre armée peut se mettre en position de menacer et même d'attaquer le flanc droit de celle
de l'Empereur Napoléon, ce mouvement, que soutiendront
les cosaques, l'empêchera de passer la Dwina.

J'attends avec bien de l'impatience des nouvelles ulté-
rieures, et je prie Votre Majesté Impériale de croire que
tout ce qui lui arrivera d'heureux sera vivement senti par
le roi et par moi. Mais dans le cas, Sire, où l'éloignement des corps eût amené quelques revers, Votre Majesté,
par sa seule volonté, réparera aisément ses pertes ; elle est
au milieu de son empire, entourée de sujets qui l'aiment et
qui n'aspirent qu'à concourir à son bonheur et à sa gloire,
au lieu que l'Empereur Napoléon est éloigné de ses États et
haï de tous les peuples qu'il a soumis à son joug et qui ne
voient en lui que le précurseur de la destruction.

M. le général de Suchtelen m'a instruit de l'ordre
qu'il a reçu de Votre Majesté Impériale. La paix avec
l'Angleterre est le seul obstacle qui me retienne ; du moment
qu'elle sera signée, nos opérations commenceront et je
n'attends que cet instant pour mettre à exécution les plans
convenus entre Votre Majesté et le roi. Il me tarde, Sire, de
pouvoir vous prouver par des actions, mon empressement à
seconder Votre Majesté, dans tout ce qui intéresse sa personne, son empire et la cause du Nord.

*Bernadotte à l'Empereur Alexandre.*

*13 juillet.*

Quoique déjà j'ai répondu à la lettre que Votre Majesté
me fit l'honneur de m'écrire le 13/25 juin, au moment où les
armées de l'Empereur Napoléon violaient son territoire, la
crainte que des événements ultérieurs aient pu intercepter
ma dépêche, fait que je remets une nouvelle copie à M. Boutiaguine.

Nous sommes toujours dans l'attente des nouvelles du
quartier général de Votre Majesté, et nous n'en avons aucune
de Londres. Néanmoins nos armements continuent, et
**35.000** Suédois seront rendus vers la fin de ce mois

sur les points de débarquement. Une seconde armée va se rassembler sur les frontières de Norvège pour observer tous les mouvements qui pourraient avoir lieu dans ce pays.

Dans un entretien avec M. le général de Suchtelen, il y a près de quatre mois, je lui ai prescrit de mettre Riga en état de soutenir un siège au moyen de camps retranchés, indépendants les uns des autres, mais soutenus par le feu de la place, et à peu près dans le même genre que ceux qui couvraient Pierre-le-Grand à la bataille de Pultava. Si ces ouvrages sont déjà élevés, la ville de Riga, défendue seulement par 15 à 20.000 hommes et des généraux audacieux, doit arrêter longtemps l'Empereur Napoléon sur la Dwina; d'où il ne peut pas s'éloigner sans laisser devant cette place un corps de 50.000 hommes et, d'après les rapports, son armée ne me paraît pas assez nombreuse pour pouvoir faire un pareil détachement. Riga pourrait dans tous les cas être partagé en quatre parties, ayant chacune son commandant et enveloppée par des fossés et des traverses, de manière que chaque quartier formât une place particulière.

Pardon, Sire, si j'entre dans des détails que Votre Majesté Impériale a sans doute prévus, mais le désir de voir ses armées triomphantes m'entraîne et m'occupe à tel point que je ne cesse de faire des vœux pour que chaque ville et chaque place forte de ses Etats ressemble par sa défense à celle de Saragosse. J'espère cependant, Sire, que les forteresses de Votre Majesté Impériale seront plus heureuses, car les fastes militaires offrent peu d'exemples de capitulations conclues par les troupes russes.

Souffrez, Sire, que je réitère à Votre Majesté Impériale, l'assurance des sentiments vrais et inviolables qui m'attachent irrévocablement à sa personne.

### *L'Empereur Alexandre à Bernadotte.*

*17 juillet-29 juillet.*

Monsieur mon Frère et Cousin, Monsieur Boutiaguine vient d'arriver et m'a remis la lettre de Votre Altesse Royale, du 13 juillet (N. S.) et la copie de celle du 6. Cette lettre m'était exactement parvenue en son temps. Je remercie Votre Altesse pour les sentiments qu'elle me témoigne en toute occasion. Je la prie de croire que le même lien nous noue inviolablement, et qu'il me soit permis d'y ajouter que bien souvent j'ai désiré sa présence au milieu de mes armées pour guider, par ses talents éminents et sa grande expérience, l'ensemble des opérations dans cette lutte si importante. Ses lettres me sont arrivées, quand les mouvements se trouvaient déjà achevés et qu'il n'était plus possible de les changer. Pourquoi n'avouerais-je pas avec franchise que j'y ai trouvé des conceptions infiniment supérieures à celles qui ont guidé nos opérations. Un point cependant a été obtenu jusqu'ici, celui d'éviter des batailles générales, et les combats particls ont été tous à notre avantage. Je n'ai pas été content des mouvements de la 2ᵉ armée; elle n'a pas mis assez de célérité et s'est laissé prévenir sur le point important de Minsk. J'espère toutefois que nous réparerons cette faute.

Résolu comme je le suis à continuer la guerre à outrance, j'ai dû penser à former de nouvelles armées de réserve; pour cet effet, ma présence au sein de l'empire était indispensable pour y électriser les esprits et y porter à de nouveaux sacrifices. J'ai profité donc de l'intervalle qui me restait jusqu'au retour des réponses aux communications que j'ai chargé l'amiral Benting de faire de ma part à Votre Altesse Royale pour effectuer une course de quelques jours à Moscou; elle m'a valu une levée de plus de 100.000 hommes que le gouvernement de Moscou et ceux qui l'avoisinent m'ont offerte.

Une seconde levée pareille va s'organiser entre Nijni-Novgorod et Kasan.

Ayant passé huit jours ici, je pars demain et serai le 20 (V. S.) à Saint-Pétersbourg où j'espère recevoir les réponses de Votre Altesse et, d'après elles, je me dirigerai soit sur le point que Votre Altesse aura choisi pour notre rendez-vous, soit, si elle aura jugé que notre entrevue ne peut avoir lieu pour le moment, vers l'armée.

Le corps de Macdonald s'est approché de Riga pour en faire le siège. Si l'Empereur Napoléon a quelques succès marquants sur mes armées, Pétersbourg sera menacé, car Riga peut être masqué par une partie du corps de Macdonald. Je crois donc que le débarquement de nos forces réunies dans le moment actuel serait d'une grande utilité à Reval.

C'est aux conceptions militaires de Votre Altesse que j'abandonne la décision de ce point, et je me soumets avec confiance à son amitié pour moi comme à son désir de voir triompher la cause commune. Qu'elle se persuade que rien n'est capable de diminuer les efforts que je fais pour cette cause sacrée, et que je ne vois de salut pour la Russie, comme pour l'Europe, que dans la persévérance à la soutenir.

*Bernadotte à l'Empereur Alexandre.*

*Stockholm, 11 août.*

Ma lettre finie, celle de Votre Majesté Impériale en date du 22 de ce mois, vient de m'être remise. Je vois avec une entière satisfaction qu'elle a donné l'ordre à sa seconde armée de prendre l'offensive, en même temps que la sienne se rapproche de ses positions retranchées sur la Dwina. Votre Majesté ne saurait trop menacer le flanc droit de l'Empereur Napoléon pour le forcer à changer son ordre de bataille, de manière qu'il présente à Votre Majesté son flanc gauche sur lequel elle pourrait tomber brusquement avec sa première armée et sa réserve. Dans ce même temps, la garnison de Riga ferait des courses pour menacer les derrières de son centre et de sa gauche.

M. Thornton n'est pas encore revenu d'une course qu'il a faite à Gothenbourg où il s'est rendu pour s'aboucher avec l'amiral Saumarez, et s'instruire des moyens maritimes que cet amiral pourrait nous fournir. La latitude que Votre Majesté vient de donner à M. le général de Suchtelen déterminera, j'espère, le plénipotentiaire anglais d'accorder les subsides que la Suède demande. Tout se prépare afin d'être en mesure d'agir, aussitôt que le traité sera conclu et la paix signée.

Dès l'instant que M. le comte de Lœwenhielm avait fait connaître le désir de Votre Majesté Impériale d'avoir une entrevue avec moi, j'en rendis compte au roi qui s'empressa d'y donner son consentement. Je charge M. le comte de Lœwenhielm de se rendre près de Votre Majesté pour prendre ses ordres et lui demander si le point de Lager-wick lui était convenable. Je n'attends plus que le retour du courrier pour me mettre en route.

Je félicite Votre Majesté Impériale des succès que quelques-uns de ses corps ont obtenus; celui du prince de Wittgenstein est d'un bon augure, et j'espère que les autres imiteront l'exemple qu'il vient de leur donner. Maintenant, Sire, il faut une bonne bataille et tout me fait présumer qu'elle est déjà livrée à Sienno, Orcha et Mohilev; mais si elle n'a pas eu lieu, sans doute que les troupes de Votre Majesté occuperont Smolensk et qu'elles y attendent l'ennemi avec l'intention de se bien battre. Quels que puissent en être les résultats, Votre Majesté n'en doit pas être alarmée; ses corps de réserve répareront ses pertes, tandis que l'Empereur Napoléon, s'affaiblissant tous les jours par les maladies et les combats, doit avant longtemps se trouver réduit à un nombre bien inférieur à celui de Votre Majesté. Il est possible qu'il gagne la première, la seconde, même la troisième bataille, la quatrième sera indécise; et si Votre Majesté persévère, il est indubitable qu'elle gagnera la cinquième.

J'ai appris avec un grand contentement l'offre patriotique qu'ont faite à Votre Majesté Impériale les gouvernements de Moscou, Nijni-Novgorod, Smolensk et Twer; le véritable patriotisme s'explique par l'énergie et les sacrifices chez un peuple dont les individus ne séparent point leurs intérêts de ceux de l'Etat; l'attachement qu'on porte aux lois et au prince sont la sauvegarde de l'honneur et de l'indépendance de la nation.

A toutes les levées que Votre Majesté Impériale vient d'obtenir, je pense qu'elle aura ajouté cette armée valeureuse et aguerrie qui a fait trembler le croissant. Je crois que Votre Majesté devrait la faire venir en poste et la diriger sur la capitale de la Lithuanie. Cette marche intimiderait d'autant plus l'Empereur Napoléon que, quand même il serait vainqueur à Smolensk, aucun de ses renforts ne pourrait plus lui parvenir, et si au contraire, la bataille est restée incertaine, ce mouvement audacieux le forcera ou à repasser le Niémen, ou à détacher un grand corps pour aller à la rencontre de ces braves; dès lors, Votre Majesté peut reprendre l'offensive.

La garnison de Riga ne devrait pas rester renfermée dans la place; elle devrait faire des débarquements dans les environs de Mittau et même plus loin, afin d'arrêter la marche du maréchal Macdonald et l'obliger à se disséminer, et alors saisir l'à-propos pour attaquer les troupes qui formeraient le blocus de la place.

Il me tarde, Sire, de pouvoir exprimer de vive voix à Votre Majesté, tous les sentiments vrais et inaltérables dont je suis pénétré et avec lesquels....

## Bernadotte à l'Empereur Alexandre.

*Stockholm, 4 septembre.*

Le roi dépêchant mon aide de camp, le baron de Stierncrona près de Votre Majesté Impériale, je saisis avec
empressement cette occasion pour lui renouveler mes remer-
ciements de toutes les marques d'attachement et de confiance
dont elle m'a donné tant de preuves pendant mon séjour à
Abo. Les instants que j'ai passés près de Votre Majesté,
mes entretiens avec Elle, ont laissé dans mon âme des
impressions dont elle conservera éternellement le souvenir.
Je ne désire, Sire, que l'occasion de prouver à Votre Majesté
toute l'étendue des sentiments que je lui ai voués, et je suis
heureux de l'espérance de voir mes vœux se réaliser un jour.

J'ai cru devoir faire connaître à Votre Majesté Impériale
les dernières dépêches arrivées de Constantinople. J'ai
l'honneur de les lui remettre ci-joint. Je ferai de même pour
toutes celles qui me parviendront et qui seront de nature
à pouvoir être mises sous les yeux de Votre Majesté, sans
y attacher d'autre conséquence que celle qui doit naturellement dériver de nos intérêts communs. Depuis trois jours,
nous attendons l'arrivée de M. le baron de Suchtelen ; nous
espérons qu'il nous portera de bonnes nouvelles des armées
de Votre Majesté.

Les avis que nous venons de recevoir de Riga, annoncent
qu'une division du corps du maréchal Macdonald avait été
repoussée jusqu'à Mittau, et que, dans la Courlande, on était
dans l'opinion que les Français seraient battus. Il est bon,
Sire, d'entretenir le peuple dans ces idées et de familiariser
les hommes sensés de tous les rangs et de toutes les classes
de ne pas croire que l'Empereur Napoléon est invincible. Je
suis toujours dans la persuasion que, du moment où l'armée
du Danube sera réunie à celle du général Tormasof, les
affaires changeront de face, surtout si cette armée manœuvre

tout à la fois avec audace quand elle sera aux mains et avec prudence quand elle sera en mouvement. Jusqu'à ce que l'Empereur Napoléon en ait fait un de rétrograde, elle doit toujours avoir le point de Minsk pour but. Riga appuyant la droite des armées russes et éloignant l'ennemi de Pétersbourg, doit exciter l'attention constante de Votre Majesté Impériale. Tous les moyens qu'elle pourra employer pour rejeter l'ennemi loin de cette place ne doivent pas être négligés.

Nous nous occupons de tout préparer pour être prêts à agir, lorsque les 25.000 hommes de Votre Majesté Impériale seront arrivés sur les côtes de la Scanie. Je la supplie de vouloir donner des ordres pour qu'on demande officiellement au gouvernement britannique l'accession aux deux traités conclus entre Votre Majesté Impériale et le Roi. M. le comte de Lœwenhielm partira d'ici peu de jours; il sera porteur de la ratification et muni de lettres de créance pour résider en qualité de ministre près de Votre Majesté.

### L'Empereur Alexandre à Bernadotte.

*2 septembre-14 septembre.*

Monsieur mon Frère et Cousin, M. de Stierncrona m'a remis la lettre de Votre Altesse Royale du 4 septembre. Je l'en remercie infiniment, de même que pour les dépêches de Constantinople qui y étaient incluses. Je prie Votre Altesse de croire que les moments que j'ai passés avec elle à Abo m'ont laissé des souvenirs ineffaçables. La connaissance personnelle a augmenté encore toute l'estime dont je me sentais pénétré pour elle depuis longtemps et à laquelle s'est jointe maintenant une amitié bien sincère. Lui en donner des témoignages sera l'objet constant de mes désirs.

Je suis bien heureux de pouvoir annoncer à Votre Majesté par celle-ci le glorieux résultat d'une bataille qui vient de se

\ livrer en avant de Mojaisk, entre mon armée commandée par le prince Kutusof et celle sous les ordres de l'Empereur Napoléon qui, plus meurtrière que celle d'Eylau de l'aveu même de tous ceux qui s'y sont trouvés, a obligé l'Empereur Napoléon de reculer après le combat, à onze verstes.

Je joins ici le bulletin des rapports du prince Kutusof (1).

La perte des deux côtés est énorme, mais celle de l'ennemi bien supérieure à la nôtre, et, d'après l'évaluation du général Bonamy, fait prisonnier, va à 40.000 hommes mis hors de combat. Le maréchal Davout est blessé. Comptant sur l'amitié que Votre Altesse m'a témoignée, je ne doute pas de la part qu'elle prendra à cet événement glorieux pour les armées russes. Je m'attends instamment à une seconde bataille.

En attendant, je m'empresse avec assiduité à l'organisation des nouveaux moyens que je compte mettre à la disposition de Votre Altesse et j'espère que le tout sera prêt pour le temps convenu.

### Bernadotte à l'Empereur Alexandre.

*Stockholm, 13 septembre.*

Depuis que j'eus l'honneur de voir Votre Majesté Impériale, aucune nouvelle des armées n'est parvenue jusqu'à nous, et M. le général de Suchtelen lui-même paraît ignorer tous les mouvements qui ont eu lieu depuis plus de vingt-cinq jours.

Si le général Tormasof a pu tenir en échec les troupes que l'Empereur Napoléon a dirigées contre lui, ou si, n'étant pas assez fort pour s'exposer aux chances d'un combat, il a, par des mouvements calculés avec l'amiral Tchitchagof, marché

(1) Dans son rapport, Kutusof s'exprime en ces termes : « Après avoir passé la nuit sur le champ de bataille, je résolus de me retirer six verstes en arrière ». *Bogdanowitsch*, Tome II, p. 216. Néanmoins l'Empereur Alexandre affectait de considérer cette bataille comme une victoire. Voir sa lettre à Kutusof, *Bogdanowitsch*, Tome II, p. 218.

à sa rencontre, et s'est ensuite porté en avant pour attaquer les corps qui couvrent le flanc droit et les derrières de l'armée française, tout fait espérer que ces généraux auront arrêté l'Empereur Napoléon dans les environs de Smolensk, et que le prince Kutusof aura pu profiter de ces instants de calme pour réunir son armée, appeler à lui ses réserves et former une masse impénétrable pour couvrir Moscou. Si en même temps l'expédition d'Helsingfors a été favorisée par les vents, si le débarquement des troupes s'est opéré heureusement à Riga et qu'elles aient fait un mouvement sur la gauche de la Dwina, ne fût-il que d'une seule journée, les armes de Votre Majesté doivent déjà avoir été heureuses, puisque l'armée française, pressée par ses flancs et contenue par une armée formidable sur son front, aura été obligée de faire un mouvement en arrière; et il est à croire que les généraux de Votre Majesté en auront profité.

Sire, la vitesse avec laquelle les événements se succèdent, fixe les regards de l'Europe alarmée : les hommes timides désespèrent, mais les braves, et ceux-ci sont en grand nombre, sont persuadés que c'est du sein de votre empire que sortira un équilibre politique, au moins un système de contreforce qui limite la puissance dominatrice qui veut détruire la Russie. Les immenses ressources dont Votre Majesté peut disposer, les armées exercées et aguerries qu'elle peut mettre en campagne, la cause légitime pour laquelle elle combat, la certitude qu'elle a qu'il s'agit à présent, non seulement du sort de son empire, mais aussi de son honneur particulier, de sa sûreté personnelle et de l'éclat qui doit accompagner sa mémoire ; tout cela, Sire, doit tranquilliser Votre Majesté sur l'avenir ; et, en descendant au fond de sa conscience, elle y trouvera toujours cette satisfaction intérieure qui est l'apanage des bons princes.

Votre Majesté a tout fait pour conserver la paix ; aussi est-elle justifiée à ses propres yeux, à ceux de ses sujets et surtout par les hommes raisonnables de tous les pays ;

`Votre Majesté ne pouvait pas éviter la guerre. L'Empereur Napoléon l'a méditée contre elle au moment de la signature du traité de Tilsit. Les éléments qu'il croyait trouver en Espagne et en Portugal devaient servir ses vues pour détruire votre puissance, mais ce qu'il appelle l'indocilité des Espagnols a arrêté l'exécution de ses projets. Assuré que la Péninsule est le tonneau des Danaïdes pour ses armées et pour ses trésors, il a, en grand politique, redouté les réflexions des Français; pour les étourdir, il a porté ses armées contre Votre Majesté; et changeant de plan, il a renoncé à l'idée de subjuguer le Nord avec les hommes du Midi; mais toujours dominé par sa fatale ambition, il conserve encore l'espoir gigantesque, après avoir vaincu Votre Majesté, d'employer 100.000 Russes pour subjuguer l'Espagne, et pareil nombre pour le suivre à Constantinople, ou enfin qu'il fera la paix avec vous, Sire, et qu'il pourra avec sa foi punique, dépouiller la couronne de Votre Majesté, feuille par feuille et de la même manière qu'il a agi envers tant d'autres souverains, notamment avec le roi de Prusse.

Les troupes suédoises sont en marche pour se rendre sur les côtes de la Scanie et du Blekingen ; elles seront réunies sur les points d'embarquement dans les derniers jours de ce mois ; du moment où celles de Votre Majesté seront arrivées, nous mettrons à la voile et nos opérations commenceront.

Je prie Votre Majesté de faire presser le départ de l'armée qu'elle me confie, afin que nous ne soyons pas exposés aux forts coups de vent de l'équinoxe et aux longues nuits de l'automne. Afin d'atteindre ce but et écarter d'avance toute possibilité d'un mésentendu, le roi a ordonné au baron d'Engeström de s'adresser au général Suchtelen pour savoir s'il fallait envoyer d'ici des bâtiments pour le transport des troupes de Votre Majesté Impériale. Le général a répondu qu'il n'avait encore qu'une connaissance vague de la dernière convention, et qu'il n'était pas en état de donner des renseignements exacts sur le nombre de transports dont on pouvait avoir besoin, s'offrant toutefois de s'en éclairer par l'envoi d'un courrier.

Si, comme je l'espère toujours, nous pouvons faire l'expédition du 1er au 15 octobre, l'armée combinée pourra hiverner en Fionie, peut-être même, en Schleswig et, si Votre Majesté peut me fournir les secours qu'elle me fait espérer pour le grand projet qui est l'objet de ses méditations, le théâtre de la guerre pourra s'éloigner des frontières de son empire et se porter au printemps prochain entre la Baltique, l'Elbe et le Weser et peut-être sur les bords du Rhin.

M. le comte de Lœwenhielm partira incessamment, il connaît ma pensée et je l'ai chargé d'en instruire Votre Majesté Impériale.

*Bernadotte à l'Empereur Alexandre.*

*Stockholm, 20 septembre.*

M. le comte de Lœwenhielm est parti pour se rendre près de Votre Majesté Impériale. Il aura déjà eu sans doute l'honneur de l'entretenir de tout ce que je lui ai communiqué et qui m'a paru être le plus convenable dans la circonstance.

Depuis quelques jours, il s'est répandu que le général Tormasof avait battu les Saxons et les Autrichiens réunis. Les gazettes de Vienne parlent diversement d'une affaire qui aurait eu lieu entre les mêmes corps, mais, en comparant les dates, la première paraît être postérieure à celle dont parlent ces gazettes (1). Il est bien important, Sire, que les bulletins de vos armées me parviennent régulièrement ; ils influeront sur l'opinion de l'Allemagne et serviront de comparaison aux nouvelles que les ennemis de la Russie font circuler dans ces contrées.

Depuis que nous avons reçu l'avis officiel que les Français

(1) Le 27 juillet, la brigade Klengel était enlevée à Kobrin par Tormasof ; le 12 août, les Russes perdaient la bataille de Gorodetschna. Voir Fabry. *Campagne de Russie.* Tome II, IV, V, à ces dates.

3

sont entrés à Madrid, nous venons d'apprendre que Lord Wellington s'est porté sur Tolède et a fait 1.600 prisonniers ; le siège de Cadix est levé ; le maréchal Soult paraissait vouloir concentrer ses troupes et vouloir se retirer sur la route d'Andujar, dans la vue sans doute de se réunir sur la route de Valence avec le roi Joseph et le maréchal Suchet. Astorga s'est rendu par capitulation ; trois bataillons français y ont été faits prisonniers ; Bilbao qui est sur les frontières de France, a été pris par les alliés. Le général Caffarelli, aide de camp de l'Empereur, s'est porté avec une force considérable pour le reprendre, et il a été repoussé avec une grande perte. Ces nouvelles sont de nature à enflammer le courage des généraux qui ont l'occasion de se signaler contre l'Empereur Napoléon ; et nous attendons, Sire, avec la plus grande anxiété les résultats d'une bataille qui, nécessairement, a dû être livrée entre Moscou et Smolensk.

Les dernières dépêches que j'ai reçues des environs de Kœnigsberg sont du 4 septembre ; elles portent que l'armée française n'était plus qu'à 160 verstes de Moscou, et que le prince Kutusof y avait concentré toutes ses forces dans la ferme résolution de courir les chances d'une affaire. Ces mêmes nouvelles disent que le prince Rostopchine, gouverneur militaire de Moscou, avait dirigé sur l'armée une partie de la milice de cette grande capitale, et que ce brave militaire donnait l'exemple de la persévérance et d'une grande force d'âme en organisant une levée en masse pour la défense de la ville. Le zèle et le dévouement de cet ancien ministre pour le service de Votre Majesté me fait ardemment désirer, Sire, que son exemple soit suivi par tous les gouverneurs des provinces de votre empire. La ville de Pétersbourg doit, ce me semble, être tranquille, car les victoires du général Wittgenstein en ont écarté jusqu'à l'ombre du danger, et l'arrivée de l'expédition de Riga doit incontestablement avoir produit des succès.

Qu'il me soit permis d'observer, Sire, à Votre Majesté

Impériale, que les armées françaises occupaient, il y a vingt mois, la presque totalité de l'Espagne et du Portugal, que Lord Wellington était assiégé dans ses lignes de Lisbonne par le maréchal Masséna. Le même lord a fait son entrée triomphante à Madrid, et il n'est pas invraisemblable qu'il passe l'hiver au pied des Pyrénées.

Rome envoya une armée en Afrique pour chasser Annibal de l'Italie, et Mithridate vaincu conservait l'espoir d'aller avec une armée demander la paix au sénat romain. Si Votre Majesté peut mettre à ma disposition l'armée qu'elle m'a promise, l'Empereur Napoléon occupât-il Pétersbourg et Moscou, sera obligé de venir de sa personne, avant le mois de mai, soutenir la guerre sur les bords de l'Elbe et du Weser.

Les événements se succèdent avec une rapidité qui rend tous les moments précieux; il serait fâcheux, Sire, que nous eussions à regretter de n'avoir pas profité de cette circonstance; à la guerre elles sont tout, et rarement on y retrouve l'occasion qu'on y a perdue.

### Bernadotte à l'Empereur Alexandre.

*Stockholm, 26 septembre.*

M. de Stiernerona m'a remis, avec la lettre de Votre Majesté Impériale, les bulletins de la bataille du 26. Je la félicite bien sincèrement du résultat heureux qui en a été la suite. La gloire que vos armées ont acquise, Sire, est achetée par de grandes pertes et Votre Majesté regrette une quantité de braves que le feu a moissonnés; mais ils sont remplacés par d'autres, noble exemple d'aussi grands sacrifices. L'élan qu'elle lui a donné, a produit des effets dont l'Europe se ressent déjà; qu'un aussi beau commencement, Sire, soit suivi de nouveaux efforts et votre persévérance aura délivré le monde de la plus tyrannique ambition.

Les avis que je reçois de l'Allemagne m'instruisent que l'Empereur Napoléon y ordonne de grandes levées et qu'il a demandé 15.000 chevaux au roi de Prusse.

L'on m'écrit de France que le Sénat a voté un recrutement de 130.000 hommes, pris sur la conscription de 1813 et 1814, mais qu'il sera difficile de l'effectuer en totalité. Les nouvelles d'Espagne continuent d'être satisfaisantes: les premières que l'on en recevra seront d'un grand intérêt; car si les rapports sont exacts, le maréchal Soult doit finir sur le même terrain et à peu près de la même manière que finit le général Dupont.

Nous sommes dans l'impatience de recevoir des détails sur la marche de l'armée française; si sa perte a été aussi sensible que l'on peut en juger, son mouvement se sera prolongé jusqu'à Smolensk. Au reste, l'arrivée de l'armée de Moldavie doit donner de grandes inquiétudes à l'Empereur Napoléon; et tant qu'il aura cette armée sur son flanc droit, ou sur ses derrières, ses opérations doivent être arrêtées, dans la supposition même qu'il obtint un succès sur le prince Kutusof, ce que je ne crois pas probable.

J'ai tout lieu de croire que l'armée de Finlande, ainsi que les troupes que Votre Majesté a dirigées de Pétersbourg sur la Dwina, y sont déjà rendues. J'augure avantageusement des mouvements que fait cette armée; si elle peut se porter sur la gauche de la Dwina, la retraite de l'Empereur Napoléon me paraît décidée, et la Lithuanie et la Courlande peuvent ainsi rentrer sous la domination de Votre Majesté, sans qu'elle soit obligée de livrer une bataille générale.

Votre Majesté Impériale m'a comblé de joie, en m'annonçant que les moyens qu'elle veut mettre à ma disposition seraient prêts vers l'époque convenue. Il me tarde, Sire, de pouvoir me mettre en campagne pour coopérer à l'exécution du grand plan que Votre Majesté a conçu et qui me paraît le seul propre à affranchir l'Europe de la servitude sous laquelle elle gémit depuis si longtemps. Si je suis fier,

Sire, de la pensée de pouvoir y contribuer, je suis encore plus heureux de l'espérance de convaincre Votre Majesté, par des faits, du prix que je mets à la continuation de son estime et de son amitié.

### L'Empereur Alexandre à Bernadotte.

*19-31 septembre.* (1)

Monsieur mon Frère et Cousin, ce que j'ai craint est arrivé. Le prince Kutusof n'a pas su profiter de la belle victoire du 26 août. Après avoir constamment repoussé les attaques vigoureuses de l'Empereur Napoléon, pendant les journées des 24, 25 et 26, de manière que ce dernier jour l'ennemi, ayant fait des pertes énormes, à 6 heures après-midi, avait fait cesser le feu et s'était reployé en arrière à quelques verstes en nous laissant le champ de bataille, Kutusof n'a pas eu assez d'audace pour l'attaquer à son tour et a commis une faute semblable à celles qui ont terni pour nous la journée de Preussisch Eylau, et pour les Anglais et les Espagnols celle de Talavera et de Busaco, en se retirant le lendemain, la position qu'il occupait étant devenue, à ce qu'il dit, trop étendue pour l'armée, après les pertes qu'elle avait essuyées dans ces trois glorieuses journées. Cette faute impardonnable entraîne la perte de Moscou, n'ayant plus trouvé une seule position tenable en avant de cette capitale. Mais c'est Moscou vide qui est tombé au pouvoir de l'ennemi. De tous ses habitants, il n'y est resté que les portiers des maisons. Cette perte est cruelle, j'en conviens, mais plus sous le rapport moral et politique que sous le rapport militaire. Du moins me donnera-t-elle l'occasion de présenter à l'Europe entière la plus grande preuve que je puisse

(1) D'après la minute. Cette lettre, ainsi que la suivante, a déjà été publiée par Lumbroso, *Miscellanea Napoléonica*, tome IV, pages, 691-702, d'après l'original.

offrir de ma persévérance à soutenir la lutte contre son oppresseur, car après cette plaie, toutes les autres ne sont que des égratignures.

Je réitère à Votre Altesse Royale l'assurance solennelle que plus que jamais, moi et la nation à la tête de laquelle j'ai l'honneur de me trouver, sommes décidés à persévérer et à nous ensevelir plutôt sous les ruines de l'Empire, que de composer avec l'Attila moderne. Furieux de n'avoir pas trouvé à Moscou ni les richesses qu'il convoitait, ni la paix qu'il espérait y dicter, il a fait brûler cette belle capitale qui ne présente plus maintenant qu'un monceau de cendres et de décombres.

Ma grande armée dans ce moment-ci se trouve sur la route de Kalouga, de manière à s'étendre par sa gauche sur la route de Smolensk. Elle a eu depuis, plusieurs engagements partiels très avantageux avec l'ennemi, dans lesquels on lui a fait beaucoup de prisonniers, et lui a enlevé déjà deux convois d'artillerie entre Mojaïsk et Moscou. Le corps du général Winzingerode couvre en avant de Klin le chemin de Saint-Pétersbourg et s'étend par sa droite pareillement jusqu'à celui de Smolensk. Votre Altesse apercevra par là que le but de se trouver au dos de l'Empereur de Napoléon se trouve rempli. En attendant, l'armée de Moldavie s'est réunie avec celle de Tormasof. Elles agissent sur Minsk, en tâchant de refouler le corps de Reynier et de Schwarzenberg dans le duché de Varsovie pour les empêcher de joindre la grande armée. Le général Wittgenstein que j'ai trouvé moyen de renforcer de 18.000 hommes, va dans 5 jours commencer ses opérations qui auront pour but, en passant la Dwina au-dessus de Polotzk, d'obliger par ce mouvement le corps de Saint-Cyr d'abandonner sa position, en le refoulant pareillement sur la frontière du duché de Varsovie pour l'empêcher de se joindre à l'armée de Napoléon. Par ce mouvement, Wittgenstein pourra donner la main à Tchitchagof, et, en occupant les bords de la Bérésina, couper

toutes les communications de l'armée de Napoléon avec
l'Europe (1).

Plus que jamais, je compte sur l'amitié et la loyauté du
roi et de Votre Altesse Royale. C'est dans le moment où je
lutte avec persévérance contre des revers, qu'elles voudront
me témoigner ces sentiments auxquels je mets tant de prix.
De mon côté, je ne cesserai de faire tout ce qui est en mon
pouvoir pour les convaincre du soin que j'emploie à remplir
mes engagements envers la Suède.

Votre Altesse n'ignore pas que le corps de Finlande est
resté tout l'été à sa disposition complète et désœuvré pour
moi, malgré le besoin que j'avais de troupes. Il aurait été
encore, à l'heure qu'il est, à son entière disposition d'après
mes engagements, si Votre Altesse elle-même ne m'eût
pressé de l'employer du côté de Riga. Elle se rappellera de
même que je lui objectai plus d'une fois mes craintes que, ce
corps aux prises avec l'ennemi, il ne dépendrait plus de moi
de le dégager à volonté. L'expérience a prouvé que mes
objections étaient fondées. Arrivé le lendemain du jour que
j'ai quitté Votre Altesse à Helsingfors et m'étant abouché
avec les marins, ils m'ont démontré sur les cartes l'impossibilité absolue, avec des vaisseaux de guerre et de grosses
frégates, même d'entrer dans le golfe de Riga à cause du
manque de profondeur. La grande partie de mes troupes
étant à bord de ces bâtiments, il ne me restait plus d'autre
moyen que de les faire débarquer à Revel. Le 12 septembre
(V. St.), elles se trouvaient malgré cela toutes réunies à Riga
et le 14, les opérations ont commencé. Ce soir, j'ai reçu le
rapport que l'avant-garde de l'ennemi a été culbutée et qu'on
lui avait fait 200 prisonniers. Mais j'ai tout lieu de craindre
que cette expédition pourra durer bien plus que jusqu'au
1er octobre, terme auquel mes troupes devaient se retrouver
disponibles pour Votre Altesse.

(1) Ordres de l'Empereur Alexandre à Tchitchagof, Tormasof, Wittgenstein, Steingel, *Bogdanowilsch*, Tome II. P. 524-532.

J'ai laissé, en attendant, le général Demidoff en Finlande, pour organiser les renforts que je me suis engagé de fournir à Votre Altesse. La circonstance fâcheuse de Moscou vient encore me contrecarrer dans mes dispositions pour cet objet : Kutusof ayant dû organiser sur-le-champ un corps sous les ordres du général de Winzingerode pour couvrir la route de Saint-Pétersbourg, il n'a pas eu d'autres troupes sous sa main dans cette direction que les nouvelles levées que j'avais dirigées sur chariots depuis Twer (un des trois gouvernements les plus rapprochés de Pétersbourg) vers la Finlande.

Cependant malgré toutes ces entraves si majeures et les circonstances difficiles dans lesquelles je me trouve moi-même, quelques semaines plus tard, j'espère offrir à Votre Altesse Royale un corps, peut-être plus faible que celui que je lui destinais, mais qui n'en sera pas moins d'une utilité efficace pour Elle.

En attendant, je suis allé malgré mon embarras, au delà de mes engagements pécuniaires, en fournissant tout de suite toute la quantité de farine que les employés de Votre Altesse ont désiré avoir malgré les termes dont nous étions convenus. Je la prie de croire qu'elle me trouvera toujours prêt à faire tout ce que dépendra seulement de moi pour lui prouver toute l'amitié que je lui ai vouée.

Il paraît que Votre Altesse en portant toutes ses forces sur la Fionie et les autres petites îles, ne risquerait rien de s'y établir pour l'hiver. Par là, elle menacerait également la Seelande et le Schleswig et mes troupes viendraient l'y joindre successivement; car vers le printemps, j'espère bien pouvoir avoir à la disposition de Votre Altesse Royale tout le corps promis.

Il ne me reste à parler à Votre Altesse que d'une lettre que j'ai reçue de l'Empereur Napoléon après l'occupation de Moscou. Ayant cherché en vain quelqu'un à Moscou auquel il pût la confier, il s'empara d'un ancien officier aux Gardes

retiré du service, nommé Jacorlef, qui, conduisant un vieil
oncle malade et avec lequel il voulait se retirer dans l'intérieur du pays, était tombé sans le savoir dans les mains des
ennemis. Le comte de Lœwenhielm, auquel j'ai fait lire la
lettre même, en rendra compte à Votre Altesse Royale; elle
ne contient d'ailleurs que des fanfaronnades.

Je prie Votre Altesse de recevoir l'assurance réitérée des
sentiments vrais et inaltérables avec lesquels je suis le bon
frère et cousin Alexandre de Votre Altesse Royale.

### *Bernadotte à l'Empereur Alexandre.*

*Stockholm, 6 octobre.*

Depuis mon départ d'Abo, j'ai eu l'honneur d'expédier à
Votre Majesté Impériale, successivement, cinq officiers; un
seul, M. le baron de Stierncrona, est revenu avec les détails de
la bataille de Borodino que Votre Majesté Impériale a bien
voulu me faire parvenir. Je jouissais déjà du bonheur
que semblait promettre cette sanglante affaire, lorsque
vingt lettres arrivées de Pétersbourg au commerce de
Stockholm ont annoncé l'entrée de l'armée française à
Moscou.

Un avis aussi inattendu m'a vivement surpris, surtout
l'occupation de cette ville n'ayant pas eu lieu à la suite
d'une bataille gagnée par l'Empereur Napoléon. Votre
Majesté connaît les motifs qui ont pu déterminer ses généraux à abandonner l'ancienne capitale de son empire. Aussi,
sans faire aucune réflexion à cet égard, je me bornerai à la
prier de permettre que je lui témoigne tout le chagrin qu'une
pareille nouvelle a dû me causer. L'Empereur Napoléon a
rempli son but, il frappe l'Europe d'étonnement, et il croit
par cette occupation effrayer Votre Majesté et la forcer à
souscrire aux conditions qu'il dictera; mais tant qu'il a en
tête une armée plus forte que la sienne, je ne vois dans la

prise de Moscou qu'une gloire qui a pu être obscurcie même le lendemain. Si les généraux de Votre Majesté n'ont pas réuni tous leurs moyens et livré bataille, les bulletins vont se répandre avec une rapidité toute nouvelle, et ils porteront la consternation et le découragement parmi les nations dont les regards et les espérances se tournent vers Votre Majesté, quoique la grande âme de Votre Majesté soit au-dessus de ces événements.

Je la conjure cependant d'organiser de suite des nouvelles masses pour les jeter successivement dans l'armée régulière ; c'est avec des hommes qu'on fait la guerre et Votre Majesté ne saurait trop en avoir sous ses drapeaux. Sans doute que le prince Kutusof aura donné l'ordre à l'armée de Moldavie de se porter sur Minsk et Smolensk, et que le comte Wittgenstein, après avoir battu et défait le corps qui lui était opposé, se sera porté sur Vitebsk et aura opéré sa jonction, au moins par des détachements, avec l'armée de Moldavie. Ces deux corps réunis peuvent organiser des levées dans tout le pays qu'ils occupent, et les armer avec les fusils que l'on trouvera dans les dépôts français. Au reste, si Votre Majesté ne peut pas donner de fusils à toutes les masses, ne peut-on au moins les armer de piques ? Je suis toujours prêt à exécuter les plans convenus avec Votre Majesté Impériale, desquels il résultera immanquablement l'évacuation des provinces envahies par l'armée française ; mais dans le cas où celle de Votre Majesté essuyât quelques nouveaux revers, et que Votre Majesté fût dans l'obligation d'ajourner la diversion, Votre Majesté daignera se souvenir de tout ce qui fut convenu à Abo entre elle et moi, et je la prie de croire que mes sentiments pour sa personne sont et seront toujours irrévocables.

### Bernadotte à l'Empereur Alexandre.

*10 octobre.*

La lettre que Votre Majesté Impériale m'a fait l'honneur de m'écrire le 19 septembre, et qui m'a été remise par le capitaine Dor..., a confirmé tous les détails que j'avais déjà reçus sur l'évacuation de Moscou et sur l'incendie qui fut la suite de l'entrée de l'armée française dans cette capitale. Cet événement est affligeant non seulement pour Votre Majesté, mais encore pour ses alliés et ses amis; à ce dernier titre, Sire, je prie Votre Majesté de vouloir bien être persuadée de toute la part que j'y prends.

En ordonnant d'incendier Moscou, l'Empereur Napoléon a commis un acte de barbarie que les contemporains rejettent avec horreur et qui flétrira sa mémoire; sous le point de vue militaire, il n'a rien gagné et sous celui de la morale et de la politique, il a donné la mesure des excès que l'on doit attendre de son caractère. Cet ordre donné froidement, prouve qu'il a reconnu les dangers de sa position, et qu'il a espéré en imposer à la nation russe et forcer Votre Majesté à la paix.

Trompé dans ses espérances, il tâchera, s'il ne l'a déjà fait, d'attaquer le prince Kutusof pour gagner Kalouga et Toula; et s'il obtient un succès, il se portera sur le général Tchitchagof.

Cependant tout me fait croire que les renforts qu'a reçus le prince Kutusof, l'auront mis en mesure d'être lui-même l'attaquant; mais tous vos corps réunis, Sire, ayant pu renouveler le combat plusieurs jours de suite, il m'est montré que l'Empereur Napoléon doit finir par être battu, parce que les armées de Votre Majesté en réparant leurs pertes, doivent toujours avoir la supériorité du nombre sur les siennes qui, éloignées de leur place d'armes, sont dans l'impossibilité de recevoir les renforts venant de la Pologne et de l'intérieur de l'Allemagne.

Le temps que nous avons perdu est fortement à regretter, mais nous avons la consolation, Sire, de ne pas avoir à nous reprocher d'y avoir contribué en rien. Les Anglais seuls en doivent supporter le blâme; méfiants jusqu'à l'excès, ils agissent envers Votre Majesté et la Suède comme des traitants. Je rends au prince régent la justice due à sa loyauté et à son désir d'être utile à la bonne cause. Les craintes que le parti de l'opposition inspirent au ministère, et la tendance de celui-ci à vouloir diriger les opérations du continent, ont pu être la cause des retards qui ont eu lieu; cependant il était en son pouvoir, comme il l'est encore, d'accéder au traité conclu entre Votre Majesté et la Suède, au moins pour ce qui concerne l'accession de la Norvège, sauf à renvoyer à d'autres temps la discussion sur celle de la Seelande. Ce ne sont pas, Sire, les seules plaintes que nous avons à faire à la Grande Bretagne; l'exécution de ses promesses écrites est éludée sous divers prétextes et les offres pécuniaires ne se réalisent point. Cependant l'intérêt général de l'Europe, les nôtres, Sire, nous commandent de tolérer cette conduite, par l'espérance que notre condescendance ramènera le gouvernement britannique à des principes plus généreux et plus justes.

Déjà j'ai eu l'honneur de prier Votre Majesté d'intervenir pour que le cabinet de Saint-James accédât au traité de Pétersbourg et aux conventions d'Abo. S'il est de bonne foi, je ne vois pas ce qui peut l'autoriser à défendre les intérêts du Danemark et de la Prusse, qui sont en guerre de fait et de droit avec nous. Cette accession de la Grande Bretagne nous est d'autant plus nécessaire que ses flottes dominant toutes les mers, nous ne pouvons pas nous livrer à sa discrétion, sans avoir un traité qui la lie, heureux encore si, après sa conclusion, le temps nous prouve qu'elle a cessé de craindre une défection de notre part.

Si je ne consultais que mon désir de seconder Votre Majesté, je n'hésiterais pas un moment à me porter en Fionie et dans les petites îles, mais je suis arrêté par le besoin de ménager une nation dont les pertes récentes exigent que les moyens qui lui restent, soient utilement et sagement employés et, comme je me suis fait une loi de ne vous rien cacher, Sire, je dois vous dire qu'elle verrait avec inquiétude l'armée suédoise s'éloigner de ses frontières pour attaquer les îles danoises, car alors elle aurait à craindre de ne pas pouvoir contenir l'armée norvégienne.

Je remercie Votre Majesté de la bonté qu'elle a eue d'ordonner que 25.000 kuts de farine fussent tirés de ses magasins pour nous être envoyés. Je suis d'autant plus sensible à cette faveur que Votre Majesté a été au-delà des stipulations, sans égard aux embarras que doivent lui causer les événements qui viennent de se passer. J'ordonne à M. le baron d'Engeström, ministre des affaires étrangères, d'en faire la liquidation avec M. le général de Suchtelen. Cette valeur sera imputée, d'après la volonté de Votre Majesté, sur les sommes qui nous sont dues pour l'affrètement des vaisseaux nolisés pour le compte de la Russie ou sur les 300.000 roubles qui doivent être comptés un mois après l'échange des ratifications.

J'ai été obligé d'étendre les cantonnements des troupes et de faire rentrer quelques régiments les plus près des côtes, dans leur pays. Les dépenses excessives qu'une armée de terre de 60.000 hommes et de 12.000 matelots nécessite, m'ont obligé à cette mesure; déjà depuis le mois de mai, ces mêmes dépenses excèdent le crédit ordinaire accordé par les Etats du royaume d'une somme de quatre millions de rixdales; mais j'ai tout réglé, de manière à pouvoir agir, aussitôt que les troupes de Votre Majesté seront arrivées; et, dix ou douze jours après qu'elle m'aura donné l'avis de leur embarquement, je serai prêt à mettre à la voile, à moins que les vents et les glaces n'y apportent des obstacles insurmontables.

## L'Empereur Alexandre à Bernadotte.

*Saint-Pétersbourg, le 28 octobre-8 novembre.*

Monsieur mon Frère et Cousin, j'ai mis la plus grande fidélité à tenir Votre Altesse Royale exactement informée de mes revers; il est juste que je lui fasse part des succès que depuis quelque temps les armées russes ont remportés.

Le 6 octobre, le comte Wittgenstein a battu le corps du maréchal Saint-Cyr devant Polotzk et a emporté le lendemain d'assaut les fortifications que les Français y avaient faites. Le 12, le général Steingel a battu le corps bavarois qui s'était avancé contre lui, et a pris 8 canons et 22 drapeaux (1). Le 19, ces deux corps réunis sous les ordres du comte Wittgenstein, ont attaqué et battu, à Tschaschniky sur la Oula, le maréchal Victor, venu avec 15.000 hommes renforcer les débris du corps de Saint-Cyr et le remplacer lui-même à cause de la blessure qu'il avait reçue à Polotzk.

A la Grande Armée (le 6), trois corps d'armée sous les ordres du général Bennigsen, soutenus par le maréchal Kutusof avec le reste de l'armée, ont attaqué le roi de Naples, posté avec 50.000 hommes en avant-garde, vis-à-vis sa position et l'ont complètement battu. Un étendard et 38 pièces de canon sont les trophées de cette journée. (2) Le général polonais Tischekwistsch et à peu près 2.000 hommes ont été faits prisonniers. Cette belle affaire a eu pour suite l'évacuation de Moscou par l'ennemi, où le général Winzingerode est entré le 12 avec son corps, après une affaire assez chaude avec la garnison sous les ordres du maréchal Mortier, qui y était resté gouverneur. Malheureusement, le brave général

(1) Ces drapeaux ne furent pas pris sur le champ de bataille, mais dans un fourgon où on avait dû les mettre, parce que l'infanterie était réduite à rien. *De Wrede à Berthier,* 30 octobre (A. B.)
(2) Voir sur cette affaire. *Journal du prince de Wurtemberg* par C. G. F. P. 19-24 et *Mémoire de Bennigsen.* Tome 155. P. 116-123.

Winzingerode, étant allé lui-même en parlementaire, a été saisi de la manière la plus traîtresse.

L'Empereur Napoléon s'est porté alors avec toutes ses forces sur la nouvelle route de Kalouga, du côté de Borowsk, dans l'intention, comme toutes les lettres interceptées sur un courrier de cabinet en font foi, de pénétrer par Kalouga dans les provinces fertiles de la Russie. Mais le maréchal Kutusof l'a prévenu à Malo-Jarolavesk où une affaire très chaude a eu lieu le 12. Cette petite ville a été prise et reprise huit fois. Finalement, l'armée ennemie a été obligée de se retirer après avoir perdu 16 pièces de canon. L'Empereur Napoléon, dès ce moment ayant dû renoncer à son projet, a quitté l'armée et est parti par la route de Smolensk, donnant ordre à toute son armée de le suivre sur le même chemin. Cependant, pour mieux cacher son mouvement, il a fait filer un corps sur Medyn, comme s'il avait encore l'intention de tourner par ce chemin l'aile gauche de notre armée sur Kalouga. En attendant, la garde et le gros de l'armée avaient pris le chemin de Mojaïsk.

Si le maréchal Kutusof eût su deviner les intentions de l'ennemi, il pouvait lui couper la retraite absolument, en marchant droit sur Joukhnof et de là à Wiazma, mais ne s'en étant aperçu que quand l'ennemi était entre Mojaïsk et Ghjat, il n'a pu que le suivre de près. Son avant-garde, sous le général Platof, a atteint l'ennemi sous le couvent de Kolotzk, et lui a pris deux drapeaux et 24 pièces de canon. En avant de Wiazma, le corps du général Miloradowitch, renforcé de celui de Platof, a forcé les corps de Davout, de Ney et de Murat à accepter le combat. Son issue nous a valu un drapeau et 5 canons, et le général Peltier fait prisonnier avec plus de 2.000 hommes.

Toute la route depuis Mojaïsk n'est plus semée que de caissons de munitions abandonnés et de chevaux morts. L'armée ennemie fait jusqu'à 80 verstes par jour en sa retraite.

L'amiral Tchitchagof par contre, ayant forcé les corps de

Schwarzenberg et de Reynier à repasser le Bug, a envoyé son avant-garde sur Slonim qui, sous les ordres du général Tschaplitz, le 9, s'est emparée de cette ville et y a pris le général Kanopka avec tout le troisième régiment des lan-
/ciers de la garde, tandis que le colonel Tchernitchef, avec un parti volant, battait le pays jusqu'auprès de Varsovie.

Connaissant l'amitié que Votre Altesse me porte, j'espère qu'elle prendra quelque part à ces bonnes nouvelles ; elles doivent toujours puissamment concourir au succès de la cause commune, et sous ce point de vue l'intéresser.

Je ne veux pas terminer sans remercier Votre Altesse Royale pour ses dernières lettres et tous les sentiments qu'elle veut bien m'y exprimer. Je m'occupe sans relâche de l'organisation du corps que je lui ai destiné. Elle avance à si grands pas qu'en novembre (N. S.) il pourra se mettre en marche, ce dont je m'empresserai d'avertir Votre Altesse, car je la prie de croire que rendre service à la Suède est un de mes vœux les plus chers. Je joins ici la copie de la correspondance interceptée avec le courrier de cabinet (1).

### L'Empereur Alexandre à Bernadotte.

*16 novembre - 28 novembre.*

J'espère que ma dernière lettre du 28 octobre aura complètement raffermi Votre Altesse Royale dans la persuasion qu'elle a bien voulu énoncer au général Suchtelen sur mon compte et qui m'a été si flatteur. Je la remercie beaucoup de n'avoir pas ajouté foi aux insinuations françaises, à l'occasion de la mission du général Lauriston, restée sans effet, comme elle a pu le voir par tous les événements qui se sont passés depuis.

(1) Voir Supplément.

La fermeté que la Russie a déployée dans cette lutte difficile, reçoit maintenant sa récompense. L'armée française se
réduit au plus triste état. La copie ci-jointe des lettres du
vice-roi en donnera une idée à Votre Altesse. Depuis, sa
situation n'a fait qu'empirer ; en avant de Smolensk, du
côté de Vilna, le général de brigade Augereau a été
contraint de mettre bas les armes avec un corps de
2.000 hommes : de même les généraux Samson et Dufour ont
été pris avec quatre régiments du côté de Doukovtschine. Le
général Wittgenstein, après avoir enlevé Vitebsk par un
détachement de son corps et y avoir fait prisonnier le général
de brigade Pouget avec la garnison, battit, le 3, le maréchal
Victor qui était venu l'attaquer dans la position de Tscha-
schniki et lui fit plus de 1.500 prisonniers.

Le 5, le corps du maréchal Davout a été attaqué et complètement battu par la Grande Armée au moment où il arri-
vait à Krasnoï, en se retirant sur Smolensk. L'armée russe
avait tourné Smolensk par Jelnia. Le 6, le corps du maréchal Ney, qui a été le dernier dans cette ville, eut un sort
encore plus déplorable, ayant eu sa retraite complètement
coupée. Le résultat de ces deux journées est de 117 pièces
de canon et au-delà de 20.000 prisonniers avec 4 généraux.

Depuis Moscou, plus de 250 pièces de canon sont déjà
tombées entre nos mains.

Mon aide de camp, le colonel Tchernitchef, détaché avec
un régiment de cosaques depuis Minsk par l'amiral Tchitchagof pour instruire le général Wittgenstein de ses mouvements, eut le bonheur dans sa route de délivrer, en arrière
de Minsk, sur le grand chemin, le général Winzingerode que
des gendarmes conduisaient à Cassel pour être fusillé appa-
remment, et de l'amener avec lui, le 6, au corps d'armée du
général Wittgenstein, après avoir fait une des marches les
plus hardies que l'histoire militaire offre. Mon aide de camp,
le général Kutusof, avec le corps ci-devant commandé par
Wolzogen, a fait prisonniers à Babinovitschi les généraux

4

de brigade Gartien et Cousin avec un corps de près de
1.800 hommes. Son avant-garde était déjà à Sienno, et celle
du général Wittgenstein à Cholopenitschi. L'amiral Tchitchagof, le 7, devait être à Minsk et le général Ertel à
Ighoumen, tandis que la Grande Armée continuait par
Romanovo et Gorki sur le Dnièper

Trois courriers interceptés m'ont mis au courant du mouvement insurrectionnel qui a eu lieu à Paris, qui, quoique
apaisé pour le moment, ne paraît pas complètement éteint.

J'ai pensé que ces détails pouvaient intéresser Votre
Altesse pour toute l'amitié qu'elle veut bien me porter, et je
mets un grand prix à lui prouver qu'elle ne s'est pas trompée
en plaçant quelque confiance en moi.


### Bernadotte à l'Empereur Alexandre.

*Stockholm, 25 novembre.*

M. le baron de Suchtelen m'a remis la lettre que Votre
Majesté Impériale me fit l'honneur de m'écrire le 28 octobre. Je la remercie des détails qu'elle veut bien me
donner, et je la prie de recevoir mes sincères félicitations du
succès de ses armes.

Les efforts que Votre Majesté a faits pour sauver son
empire, m'avaient déjà fait juger quelle serait la suite de cette
lutte, et j'avais prévu l'état où se trouve réduit l'Empereur
Napoléon; mais son génie fécond et les ressources immenses
dont il peut disposer en Allemagne peuvent lui fournir assez
de moyens pour balancer encore les succès sur la Vistule, si
nous ne nous hâtons de détruire les effets de sa fatale influence, en nous portant sur le continent. C'est là, Sire, que
les efforts doivent maintenant se diriger. L'Allemagne est
le cœur de l'Europe; en y portant nos opérations, les frontières des États de Votre Majesté se trouvent dégagées, et
l'Empereur Napoléon est obligé d'accourir en grande hâte

sur l'Elbe pour empêcher la prise de Magdebourg et des places de l'Oder. Une fois rendu en Allemagne, tous mes vœux, Sire, se bornent à vous y donner de nouvelles preuves de la loyauté de mes sentiments pour Votre Majesté et à contribuer avec elle à rétablir cet ancien équilibre dont les traces ont disparu depuis si longtemps.

Je serai donc prêt à seconder Votre Majesté Impériale aussitôt qu'elle le désirera, et, quinze jours après qu'elle m'en aura donné l'avis, je pourrai me mettre en mouvement, car le roi a fait conserver dans nos ports les éléments qui doivent nous transporter sur le théâtre de nos opérations.

Des lettres particulières et des étrangers expulsés de Saint-Pétersbourg portèrent ici l'alarme après l'entrée de l'Empereur Napoléon à Moscou, en donnant pour certaine l'évacuation de Saint-Pétersbourg, attendu, disait-on, qu'il marchait sur cette capitale avec une grande partie de son armée et que déjà il était à Tver. Ces nouvelles, enfantées par la malveillance, trouvèrent des partisans qui les accueillirent, et les ennemis de la Russie cherchèrent à en tirer parti ; invariable dans mes principes comme dans mon attachement particulier pour Votre Majesté, je m'empressai de déclarer à M. de Suchtelen que, quels que fussent les événements de la guerre entre Votre Majesté et l'Empereur Napoléon, la Suède s'ensevelirait au milieu de ses rochers plutôt que de changer de système. Le roi daigna m'approuver et donna l'ordre à son ministre M. d'Engeström d'en faire l'objet d'une conversation officielle dont M. de Suchtelen aura sans doute informé Votre Majesté Impériale. Je désire qu'elle ait trouvé dans cette démarche une continuation de l'amitié inviolable dont le roi et moi faisons profession pour Votre Majesté. Pareille communication fut faite à M. Thornton, attendu qu'il importait à la Suède de rassurer la Grande Bretagne sur l'immuabilité des principes.

C'est avec plaisir que j'informe Votre Majesté Impériale que, par suite des sentiments que le roi lui a voués, Sa

Majesté a donné l'ordre à M. le baron d'Engeström de signer un traité d'amitié avec les délégués de Ferdinand VII. Votre Majesté trouvera dans cet acte et dans cette abnégation de toutes mes affections de famille, la résolution inviolable de ne jamais séparer la politique de la Suède de celle de Votre Majesté.

### Bernadotte à l'Empereur Alexandre.

*Stockholm, 5 décembre.*

Les événements se précipitent avec une grande rapidité et, un temps précieux s'écoulant chaque jour, le roi a donné l'ordre au comte de Lœwenhielm de se rendre auprès de Votre Majesté Impériale pour l'entretenir du plan dont son frère, ministre près de Votre Majesté, a eu l'honneur de lui donner connaissance.

Grâce à la persévérance et aux grands sacrifices que Votre Majesté a faits, l'Europe est à la veille de prendre une nouvelle forme et l'époque où elle pourra jouir des bienfaits de la paix sous la garantie d'un équilibre politique s'approche à pas de géants.

Je prie Votre Majesté de vouloir accorder au comte de Lœwenhielm la même bienveillance dont elle l'honora autrefois et de me croire.....

### L'Empereur Alexandre à Bernadotte.

*6 décembre-18 décembre.*

C'est l'avant-veille de mon départ pour l'armée, que le comte de Lœwenhielm est arrivé et m'a remis la lettre de Votre Altesse Royale. Je la remercie beaucoup pour tout ce qu'elle m'y dit d'aimable. Je suis jaloux de prouver à Votre

Altesse qu'elle ne s'est pas trompée dans l'opinion qu'elle veut avoir de moi. Je me suis entretenu au long avec le comte de Lœwenhielm sur tout ce que Votre Altesse l'a chargé de me dire, et je l'ai mis à même de lui rendre compte de ma manière de voir.

Quant à tout ce qui tient aux affaires d'Allemagne et aux idées contenues dans le pays, et que m'a remis le comte Charles de Lœwenhielm, je pense que les circonstances devront guider les mesures que nous aurons à prendre et, pour les bien juger, il faut attendre que les événements prennent un caractère plus décidé.

Vilna a été réoccupé par les troupes russes, le 28 du mois passé.

L'ennemi y a abandonné 20.000 malades et entre autres les généraux Zayoncheck et Lefebvre, fils du maréchal. Depuis la Bérésina jusqu'à Vilna, 185 canons sont tombés encore en notre pouvoir. Votre Altesse apprendra avec quelque intérêt des résultats aussi majeurs pour la cause que nous soutenons.

### *Bernadotte à l'Empereur Alexandre.*

*Stockholm, 17 décembre.*

Depuis le départ du comte de Lœwenhielm, M. le baron de Suchtelen m'a remis la lettre que Votre Majesté Impériale prit la peine de m'écrire le 16 novembre; les détails qui y sont contenus me font regarder les résultats de la campagne comme totalement décidés, et tout indique que si l'Empereur Napoléon parvient à gagner les frontières du duché de Varsovie et à se réunir avec le prince de Schwarzenberg et ses autres renforts, il se tiendra sur la défensive derrière la Vistule jusqu'à l'année prochaine; mais j'espère que l'amiral Tchitchagof, sur la coopération duquel j'ai tant compté pour lui porter les derniers coups, se sera porté dans les environs de Minsk de manière à lui fermer tous les passages et à remplir ainsi l'attente de Votre Majesté et celle de l'Europe.

Les levées qui se font en France, en Italie, en Pologne et dans toute l'Allemagne annoncent l'intention de l'Empereur Napoléon de tenter encore la fortune au printemps prochain, si toutefois il a pu échapper, même de sa personne ; sa ligne sur la Vistule resserrant ses quartiers, il se trouvera dans la situation de pouvoir les lever au premier beau temps et d'obtenir d'abord quelques succès sur des corps détachés des armées de Votre Majesté. Je regarde donc, Sire, comme très important que nos opérations commencent au plus tard à la fin d'avril, soit contre la Seelande, si le Danemark ne suit pas le système du Nord, ou en Allemagne si le gouvernement danois acquiesce aux propositions qui viennent de lui être faites. L'occasion est belle pour lui, et s'il ne la saisit pas, nous n'aurons rien à nous reprocher, puisqu'il aura légitimé tout ce que nous pourrons entreprendre contre ses États. Je ne cacherai cependant pas à Votre Majesté que je désirerais infiniment que Sa Majesté danoise revînt à des principes que lui commandent et son honneur et son existence politique ; dès lors, la réussite de nos opérations ne souffrirait plus de retard et les 60.000 Russes et Suédois, réunis à 10.000 Norvégiens et à 30.000 Danois, pourraient porter la principale guerre dans l'Allemagne, que je regarde toujours comme le cœur de l'Europe et le centre de la puissance de l'Empereur Napoléon. Cette armée grossie par les patriotes allemands, qui nous tendent les bras, porterait incontestablement ses succès jusque sur le Rhin, après avoir pris à revers celle opposée à Votre Majesté.

L'Allemagne affranchie, Votre Majesté n'ayant plus rien à redouter de l'Autriche et de la Porte, pourrait s'occuper de donner une nouvelle forme à l'empire germanique et, dégagé de toute espèce d'entraves, réunir à sa couronne impériale celle du royaume de Pologne.

J'ai souvent porté mes pensées sur les projets que Votre

Majesté me communiqua à Abo; j'ai calculé les chances qui peuvent en résulter,, et sans me livrer à des espérances exagérées, je puis assurer Votre Majesté que tout ce qui m'est parvenu de l'intérieur de la France est de nature à ne pas reléguer dans les invraisemblances la possibilité de la réussite; mais l'exécution de ces projets ne peut avoir lieu, qu'après que l'Allemagne sera délivrée de l'influence française. En suppliant Votre Majesté de faire accélérer la formation des corps qui doivent concourir à décider ces graves événements, je le prie de recevoir...

P. S. — Ma lettre fermée, un courrier arrive qui annonce que l'Empereur Napoléon a effectué son passage près de Borisov. Je m'attendais, Sire, qu'en apprenant l'évacuation de vos États, j'aurais à vous féliciter de la prise de sa personne. L'occasion était belle; mais c'eût été trop de bonheur à la fois, et puisque la Providence paraît avoir voulu retarder la paix et la liberté de l'Europe, il faut se conformer à ses desseins.

### L'Empereur Alexandre à Bernadotte.

*26 décembre-7 janvier.*

Monsieur mon Frère et Cousin, c'est à Vilna que j'ai reçu la lettre que Votre Altesse Royale a bien voulu m'écrire le 13 décembre. Je me fais un plaisir de lui annoncer que la Russie se trouve complètement nettoyée d'ennemis. Memel a été occupé et la garnison avec son commandant ont été faits prisonniers de guerre. Le corps prussien sous les ordres du général Yorck ayant été cerné et coupé de celui de Macdonald, a été forcé de conclure une convention par laquelle il se sépare complètement des armées françaises. Par là, Macdonald n'est resté qu'avec 6.000 hommes. Les faibles restes de la Grande Armée se sont portés sur Kœnigsberg. Les corps de Wittgenstein, de Tchichagof et de Platof

sont dirigés à leur poursuite. Le prince de Schwarzenberg
se retire du côté de Praga et de Modlin. Il est peu probable
qu'il puisse effectuer sa jonction avec le reste de la Grande
Armée ; il paraît plutôt prêt à prendre des quartiers d'hiver.
La Grande Armée russe passe actuellement la frontière. Son
avant-garde va passer la Vistule. En attendant, le corps de
Sacken et de Miloradowitsch tâcheront de s'emparer de
Varsovie. Malgré tous ces avantages, je crois l'expédition
dont nous sommes convenus pour le printemps avec Votre
Altesse plus nécessaire que jamais pour achever complètement l'ouvrage. Les positions qu'occupent actuellement nos
armées offrent bien plus de facilité pour le transport de nos
troupes, et nous sommes convenus avec le comte de Lœwenhielm de les faire embarquer au port de Libau, de Memel
et peut-être de Kœnigsberg quand il se trouvera occupé.
Cela raccourcira de beaucoup le trajet ; je fais donc tout préparer à cet effet pour le commencement d'avril, et Votre
Altesse Royale peut être sûre que j'y mettrai toute l'activité
possible. J'ai fait faire les démarches nécessaires à
Copenhague et le chancelier a eu ordre d'en communiquer
le contenu au comte Charles de Lœwenhielm. J'espère
qu'elles produiront l'effet désiré. J'ai lu avec un plaisir infini
ce que Votre Altesse veut bien me dire sur les projets dont
nous nous entretenions à Abo. Je regarderai leur réussite
comme un bienfait pour l'humanité, d'après les principes
sages et libéraux que j'aime à reconnaître en elle, et je ne
puis assez engager Votre Altesse à y donner toute son
attention. Je réitère à Votre Altesse l'assurance de l'attachement bien sincère que je lui ai voué pour la vie.

# SUPPLÉMENT

Correspondance interceptée de l'Empereur Napoléon (1)


*Napoléon à Clarke.*

*Moscou, 16 octobre.*

M. le duc de Feltre, j'approuve que vous envoyez en Espagne cinq millions dont la moitié en traites, savoir :

A l'armée de Portugal, 2.000.000 ;
A l'armée du Nord, 2.000.000 ;
A l'armée du Centre, 500.000 ;
A l'armée de Catalogne, 500.000.

Les 500.000 francs destinés à l'armée du Centre pourront être en entier en traites du Trésor.


*Napoléon à Decrés.*

*Moscou, 16 octobre.*

M. le comte Decrés, je vous envoie une lettre qui, je l'espère, est innocente, Cependant je crois convenable que vous en ayez connaissance. On se demande quels besoins ont des officiers particuliers de connaître la situation de nos armées navales, à moins que ce ne soit des jeunes gens et par amour du métier, et, dès lors, ce n'aurait rien que de louable.

(1) Les lettres ne figurent pas dans la Correspondance de l'Empereur.

### Napoléon au duc de Bassano

*Moscou, 16 octobre.*

M. le duc de Bassano, jusqu'à cette heure, les estafettes me sont heureusement parvenues. Aucun incident n'en a interrompu la marche. Cependant, il est difficile d'espérer la continuité de ce bonheur. Je désire donc que toutes les fois que vous enverrez des nouvelles importantes de quelque nature qu'elles soient, et telle que la non-connaissance de ces nouvelles pourrait être nuisible à mes affaires, vous ayez soin de les répéter par duplicata et triplicata, afin qu'il n'y ait aucune interruption dans les renseignements qui doivent me parvenir. Je désire aussi que vous reteniez le portefeuille rouge qu'envoie le comte Lavalette intitulé : gazettes étrangères; vous pourrez le lire. Il y a beaucoup de fatras qui ne signifie rien, vous en extrairez ce qu'il y aura d'important et vous me le transmettrez en chiffres pour m'envoyer le reste quand la correspondance sera à l'abri des événements. Il y a à Vilna un officier que le roi d'Espagne m'a envoyé. Il ne pourra jamais venir ici, retenez-le à Vilna; tirez ce que vous pourrez de sa conversation et envoyez m'en le résultat en chiffres.

### Napoléon au duc de Bassano

*Moscou, 16 Octobre*

M. le duc de Bassano, la 34e division doit arriver vers le 15 ou le 16 à Kœnigsberg, où le général Loison en prendra le commandement. Si les circonstances sont urgentes, écrivez au général Loison de se porter sur Kovno, afin de couvrir le centre de nos magasins.

La 32e division que commande le général Durutte arrive à

Varsovie, le 18 octobre; ainsi cette division aura le double avantage d'en imposer à l'ennemi, en propageant le bruit de son arrivée, et aussi de garantir Varsovie.

La 3ᵉ brigade de la 28ᵉ division, composée du 4ᵘ régiment westphalien et du régiment de Hesse-Darmstadt doit, aujour-d'hui 16, avoir passé Kœnigsberg ; aussi elle doit être bien près d'arriver à Vilna. Retenez cette brigade à Vilna ou à Kovno, selon que les circonstances l'exigeront. Si elle reste à Kovno, il y a un général de brigade qui en prendra le commandement. Il doit y avoir huit pièces d'artillerie légère avec ces troupes. C'est donc une réserve de 3.000 hommes qui peut être de quelque importance pour couvrir Vilna et Kovno contre des troupes légères, s'il était nécessaire. Sur ce....

### Napoléon au duc de Bassano

*Moscou, 16 Octobre.*

M. le duc de Bassano, faites envoyer des bœufs de Grodno sur Smolensk. Je ne conçois pas comment les fournisseurs des transports n'ont pas d'argent. Avant les biscuits, le riz et la farine que l'on pourra toujours se procurer dans le pays, il faut envoyer les habits, maintenant que la mauvaise saison arrive. Donnez ordre que toute autre affaire ces-sante, l'on fasse filer sur Smolensk les effets d'habillement.

### Napoléon au duc de Bassano

*Moscou, 16 octobre.*

M. le duc de Bassano, écrivez au général Dutaillis à Var-sovie pour l'instruire des mesures que j'ai prises pour remonter la cavalerie, que le général Bourcier lui donnera des ordres, mais qu'en attendant, il faut qu'il aille de l'avant, que le payeur de Varsovie doit avoir un crédit de 100.000 francs, que vous l'autorisez à faire des marchés, que les circonstances sont pressantes, et qu'il ne faut pas perdre de temps. Ecrivez-lui de même pour l'habillement des 1.700 hommes qui doivent recruter les quatre régiments de la Vistule, lesquels vont bientôt arriver à Varsovie.

### Napoléon au duc de Bassano

*Moscou, 16 octobre.*

M. le duc de Bassano, le 7ᵈ régiment wurtembergeois devait se rendre à Smolensk, mais comme il n'y arrivera que vers le 2 novembre, j'ai changé sa destination. Il doit être actuellement du côté de Kovno. S'il n'avait dépassé Vilna, et qu'il y fût nécessaire, vous pourriez le retenir, sinon il doit se rendre à Minsk où je donne ordre qu'avec les 6ᵉ bataillons des 22ᵃ, 93ᵉ et 43ᵃ, on en forme une brigade qui s'appellera réserve de Minsk. Cette réserve, avec celle que j'autorise à former à Vilna, en y retenant la brigade de la 28ᵉ division qui se compose du 4ᵉ régiment westphalien et du régiment de Hesse-Darmstadt, mettra sous les ordres du gouverneur général une petite division qui lui donnera les moyens de pourvoir aux circonstances les plus pressantes.

### Napoléon au duc de Bassano

*Moscou, 16 octobre.*

M. le duc de Bassano, je suppose que vous avez déjà fait partir le sieur Ledoux, mon consul à Bucharest, et celui qui était à Jassy, afin qu'ils puissent entrer dans cette ville le même jour que les Turcs en reprendront possession. Si vous ne l'avez pas déjà fait, ce serait une négligence qu'il faudrait vous empresser de réparer en faisant partir sur-le-champ ces agents. Il m'est très important d'avoir des agents intelligents dans ces deux points. Donnez-leur l'ordre d'envoyer fréquemment des courriers. Ils n'ont pas besoin de nouveaux pouvoirs, ni de nouvelles lettres de créance, puisqu'ils n'ont pas cessé d'être accrédités auprès de la Porte.

### Napoléon au comte Hogendorp

*Moscou, 16 octobre.*

M. le comte Hogendorp, je vous recommande de prendre des mesures pour que tous les hommes malades ou blessés légèrement soit du combat de Smolensk, soit de la bataille de la Moskova, soit des affaires du II<sup>e</sup> corps et des Bavarois ne dépassent pas Vilna. On m'assure qu'un grand nombre file, pour se rendre chez eux. Il faut aussi faire réunir par les habitants tous les blessés maraudeurs qui se cantonnent et commettent des excès. On doit les réunir tous dans les hôpitaux.

### Napoléon à Cambacérés

*Moscou, 16 octobre.*

Mon cousin, je reçois vos lettres du 28 et du 29 septembre, il n'y a toujours ici rien de nouveau.

### Napoléon à Savary

*Moscou, 16 octobre.*

M. le duc de Rovigo, j'ai chargé le duc de Bassano de vous envoyer la copie d'une lettre que je lui ai écrite sur mes opérations, afin que vous soyez instruit et que vous puissiez faire et répondre ce qui est convenable.

### Napoléon à Marie-Louise (1)

*Moscou, 16 octobre.*

Ma bonne amie, j'ai reçu ta lettre du 29. Tout le bien que l'on me dit de tout côté de toi me fait bien plaisir. Je vois que tu as le secret de rendre tout le monde content. Il me paraît que les Parisiens t'aiment beaucoup. Il faudrait (?) qu'ils soient bien difficiles, tu le mérites. Le petit roi te rend, j'espère, bien contente. Si cet hiver, je ne puis venir à Paris, je te ferai venir me voir en Pologne. Tu comprends bien que j'ai autant envie que toi de te voir et de te dire tous les sentiments que tu m'inspires.

Adieu, ma bonne amie.

### Napoléon au duc de Bassano

*Smolensk, 11 novembre.*

Monsieur le duc de Bassano, quatre estafettes me sont arrivées à la fois; ainsi j'ai toutes vos lettres jusqu'au 7. J'approuve que vous ayez fait venir la 34ᵉ division à Kovno. Le principal est qu'elle y soit bien nourrie. Le général Loison mande qu'il a fait des marchés pour 600 chevaux pour son artillerie, et que le même marchand lui propose des marchés pour 10.000 chevaux. Envoyez cette proposition au général Bourcier pour qu'il passe ces marchés, s'il les juge convenables. Dites au général Bourcier qu'il est nécessaire qu'il augmente les commandes de 6.000 chevaux de toutes armes et de 6.000 chevaux d'artillerie et des transports

(1) De la main de l'Empereur.

militaires. Tous les jours, nous faisons des pertes considérables par la gelée et par le froid des nuits. Je n'ai pas
besoin de vous faire comprendre l'importance de ces achats.
Le général Bourcier doit aller haut la main jusqu'à une
trentaine de mille et peut-être au delà. La limite doit être
ce qu'il est possible de se procurer de bonne qualité.

Des chevaux, des chevaux, des chevaux, soit de cuiras-
siers, soit de dragons, soit de cavalerie légère, soit d'artillerie, soit d'équipages militaires, C'est là le plus grand de
tous les besoins; dix mille hommes de cavalerie à pied vont
être bientôt dirigés sur Minsk. Il faudra que le général
Bourcier les dirige sur Kœnigsberg et Varsovie, selon les
lieux où il doit y avoir des chevaux. Veillez à ce qu'il n'y ait
aucun délai ou retard.

Ecrivez au prince de Schwarzenberg qu'il hâte son mouvement, et faites lui en sentir l'importance. J'ai reçu un aide
de camp du duc de Bellune, qui l'avait quitté, le 9. Je lui ai
envoyé des ordres positifs.


*Napoléon à Cambacérès*

*Smolensk, 11 novembre.*

Mon cousin. J'ai reçu vos lettres du 25 et du 26. Je vous
ai déjà fait connaître ma satisfaction de la conduite que vous
avez tenue dans toutes ces circonstances. Je ne puis que vous
le réitérer. Je partage votre manière de voir sur Rabbe et
Lamotte. Je suppose que le préfet Frochot m'aura écrit sur
le bruit qui aura couru sur son compte. J'attends sa lettre
pour me prononcer. Je crois avoir fait connaître au ministre
de la guerre que le régiment de Paris et la 10ᵉ cohorte devaient
être envoyés à l'armée. Je ne prends aucun décret. J'attends
les pièces de la procédure. Je ne me prononcerai que quand
je connaîtrai l'affaire à fond. J'ai écrit au ministre de la

police d'arrêter tous les brigands *subalternes* et *civils* qui ont déjà été compromis dans ce complot, il y a quatre ans, et que je crois avoir été relâchés depuis, par une indulgence mal entendue. Vous ne devez pas manquer de faire connaître au comte Tracy et Garat, que leur nomination à ce gouvernement provisoire ne dit certainement rien contre eux, mais que ce n'est pas au titre d'honneur, qu'il faut qu'ils aient paru indisposés contre le gouvernement, et qu'ils se soient permis des propos équivoques pour que ces misérables aient cru pouvoir compter sur eux. Mon intention est que toutes les pièces soient imprimées, et qu'il n'y ait rien dans cette affaire que le public ignore. Je désire qu'on y ajoute les pièces relatives à ce qui s'est passé, il y a quatre ans; qu'on y mette les interrogatoires qu'a faits dans le temps le préfet de police et enfin la décision du dernier conseil qui a mis Mallet dans une maison de santé. Je désire que tout cela forme un volume où cette affaire se trouve parfaitement éclaircie dans ces deux périodes. Je vous prie de surveiller la réunion de ces pièces, il me paraît même nécessaire d'y ajouter quelques observations qui fassent connaître comment le premier complot a été découvert, comment il n'a pas été donné de suite, et enfin le second. Sur ce.....

### Napoléon à Savary

*Smolensk, 11 novembre.*

Monsieur le duc de Rovigo, j'ai fort approuvé la conduite du ministre de la guerre d'avoir fait arrêter le général Lamotte et le colonel Rabbe. Ce serait se faire d'étranges idées des devoirs de citoyen d'un colonel, si on le croyait rempli de bons sentiments non seulement lorsqu'il ne s'est pas opposé, mais même lorsqu'il n'a pas versé son sang pour s'opposer à la rébellion de son corps. Cette manière de voir de votre part me paraît bien singulière. Pour prononcer sur toute l'affaire ainsi que sur le préfet Frochot, j'attends votre rapport définitif et les pièces de la procédure. Mon intention est que ces pièces soient publiées et que rien ne soit mystère pour les citoyens dans une affaire qui les regarde de si près. Le nommé Jacquemont a été longtemps arrêté et était effectivement dans ce complot, il y a quatre ans. Faites-moi connaître où il est; pour peu qu'il se soit déplacé et qu'il y ait d'irrégularité dans sa conduite, faites-le arrêter. Il y avait une trentaine d'individus civils qui tous figuraient dans cette première affaire. Je les crois arrêtés; s'ils avaient été relâchés par suite de la négligence qu'on y a mise, faites-les reprendre, surtout s'ils se retrouvent dans ce moment à Paris.

*Napoléon à Savary.*

*Smolensk, 11 novembre.*

Monsieur le duc de Rovigo, j'ai reçu votre lettre du 26 et 27 octobre. J'y vois avec peine une dissertation sur la police militaire et sur la police civile. C'est mal connaître vos attributions. Tout ce qui est relatif à la tranquillité de l'Etat et à sa sûreté est du ressort de la police.

La police militaire aurait dû être instruite, sans doute, du mouvement qui s'opérait dans les casernes depuis 5 heures du matin, mais le ministre de la police aurait dû le savoir encore mieux, avoir les yeux sur Mallet et ne pas le laisser à Paris. La police devait connaître l'esprit des troupes et surtout l'esprit d'un régiment comme celui de Paris.

*Napoléon à Clarke.*

*Smolensk, 11 novembre.*

Monsieur le duc de Feltre, j'ai reçu vos lettres du 25 et 26 octobre. J'approuve parfaitement votre conduite à l'égard

5

du colonel Rabbe et du général Lamotte. Sous quelque prétexte que ce soit, ne laissez sortir ni l'un, ni l'autre de prison
jusqu'à ce que vous m'en ayez rendu compte et que j'aie
donné ma décision.

Ce que vous me dites de la conduite du préfet de Paris
m'étonne. J'attendrai les pièces de cette affaire pour
prendre des mesures. Je vous ai déjà mandé qu'elles étaient
mes intentions sur le régiment de Paris et la 10ᵉ cohorte.

### *Napoléon à Marie-Louise (1).*

*Smolensk, 11 novembre.*

Ma bonne amie, tu vois que nous sommes rapprochés de
bien des jours. J'expédie le petit Montesquiou à Paris : le
temps est froid, quatre à cinq degrés, la terre couverte de
neige. Ma santé bonne. Je tiendrai à bonheur de te voir, tu
n'en doutes pas, car tu sais combien je t'aime. Embrasse mon
fils (1).

## II

### Lettres interceptées du prince Eugène (2)

### *Prince Eugène à Berthier.*

*Passage du Vops, 8 novembre.*

J'adresse ci-inclus à Votre Altesse une lettre que je lui ai
écrite hier, mais qui ne lui est pas parvenue, l'officier qui en
était porteur ayant été égaré par son guide. Votre Altesse

(1) De la main de l'Empereur.
(2) Voir page 49.

sera surprise de ne me savoir encore que sur le Vops. Je n'en suis pas moins parti de Zazelé, à 5 heures, mais la route est tellement coupée de ravins qu'il m'a fallu des efforts inouïs pour parvenir jusqu'ici. C'est avec douleur que je me vois dans la dure nécessité de lui avouer les sacrifices que nous avons faits pour accélérer notre marche.

Ces trois journées ont coûté les deux tiers de l'artillerie du corps d'armée : hier, il est mort environ 400 chevaux, et aujourd'hui, il en est péri peut-être le double, non compris la grande quantité de chevaux que j'ai fait ajouter par les équipages militaires et particuliers; des attelages entiers périssent en même temps; plusieurs ont été renouvelés jusqu'à trois fois.

Aujourd'hui, le corps d'armée n'a point été inquiété dans sa marche; il a aperçu seulement quelques cosaques sans artillerie, ce qui ne paraît pas naturel, et, s'il faut en croire le rapport de nos voltigeurs envoyés à la maraude, il s'en suivrait qu'une colonne d'infanterie, d'artillerie et de la cavalerie suivrait la même direction que nous, c'est-à-dire sur Doukhovtchina. Cette nuit, j'enverrai une forte reconnaissance sur Doukhovtchina, où je compte être rendu demain, si l'ennemi ne m'oppose pas une résistance sérieuse, car je ne dois pas le cacher à Votre Altesse, ces trois jours de souffrance ont tellement abattu l'esprit du soldat que je le crois dans ce moment très peu susceptible de faire quelque effort. Beaucoup d'hommes sont morts de faim ou de froid, et d'autres désespérés ont été se faire prendre par l'ennemi.

*Prince Eugène à Berthier.*

J'ai l'honneur de rendre compte à Votre Altesse que je me suis mis en mouvement ce matin à 4 heures, mais les difficultés du terrain et le verglas ont mis tant d'obstacles à la marche de mon corps d'armée que la tête seule a pu arriver

— 68 —

ici, à 6 heures du soir, et que la queue n'a pu prendre de positions qu'à près de deux lieues en arrière.

De 2 à 5 heures, l'ennemi s'est présenté sur ma droite. Il a attaqué presque en même temps la tête, le centre et la queue avec de l'artillerie, des cosaques et des dragons. A la tête, il a trouvé une lacune dont il a profité pour faire un hourra et enlever deux pièces régimentaires qui se trouvaient dans une rampe très raide, et éloignées de leur escorte. Le 9ᵉ régiment est accouru, mais les pièces étaient déjà emmenées.

A l'arrière-garde, l'ennemi a fait feu avec quatre pièces de canon, et le général Ornano croit, sans l'affirmer, avoir vu de l'infanterie sur chacun des deux autres points; il avait deux pièces. Votre Altesse jugera facilement qu'embarrassé par mes gros équipages que l'on m'a rendus et par une nombreuse artillerie dont plus de 400 chevaux sont morts aujourd'hui, ma position est assez critique; néanmoins, je continuerai mon mouvement demain, de très grand matin pour arriver à Pologhi; de là, j'enverrai aux nouvelles et, suivant ce qu'elles m'apprendront, je me déterminerai à me rendre à Doukhovtchina ou à Kroutoé (?).

Je ne dois pas dissimuler à Votre Altesse, qu'après avoir employé tous les moyens, je me vois maintenant dans l'impossibilité de traîner mon artillerie, et qu'elle doit s'attendre sous ce rapport à de très grands sacrifices. Dès aujourd'hui, plusieurs pièces ont été enclouées et enterrées.

# TABLE DES MATIÈRES

Paris. — Imprimerie R. Chapelot et Cie, 2, rue Christine B. D. C.

## OUVRAGES PUBLIÉS PAR LE CAPITAINE FABRY

(101ᵉ Régiment d'Infanterie)

---

**Campagne de Russie (1812)** — Cinq vol. in-18.

TOME I. *Opérations militaires, 24 juin-19 juillet.* Un vol. gr. in-8. **12** fr.

TOME II. *Vitebsk,* 20-31 juillet. Un vol. gr. in-8............. **10** fr.

SECTION HISTORIQUE DE L'ÉTAT-MAJOR DE L'ARMÉE.

TOME III : *Smolensk,* 1ᵉʳ août-10 août. Un vol. gr. in-8°...... **18** fr.

TOME IV : *Smolensk,* 11 août-19 août. Un vol. gr. in-8°....... **25** fr.

TOME V : *Supplément,* 24 juin-10 août...................... **20** fr.

**Rapports historiques des régiments de l'armée d'Italie pendant la campagne de 1796-1797.** Un vol. gr. in-8°.... **12** fr.

**Mémoires sur la campagne de 1796 en Italie.** Un vol. gr. in-8°. **10** fr.

**Campagne d'Italie (1796-1797).** — TOMES I et II. Deux volumes in-8°, par le CAPITAINE FABRY............................. **15** fr.

SECTION HISTORIQUE DE L'ÉTAT-MAJOR DE L'ARMÉE.

**Campagne de l'armée d'Italie (1796-1797).** TOME III. Un fort vol. in-8°...................................................... **15** fr.

**Histoire de la campagne de 1794 en Italie.** TOME I. Un vol. gr. in-8°................................................... **35** fr.

   1ʳᵉ partie, *Texte.*
   2ᵉ partie, *Documents.*
   *Supplément des documents.*

**Mémoires sur la campagne de 1794 en Italie.** Un vol. gr. in-8°. **5** fr.

**Journal des opérations du IIIᵉ et du Vᵉ corps en 1813.** Un vol. gr. in-8°................................................ **4** fr.

**Journal des Campagnes du Prince de Wurtemberg, 1812-1814,** avec une introduction, des notes et des pièces justificatives. Un vol. gr. in-8°...... ................................ **12** fr.

---

**Onze Lettres de l'empereur Napoléon Iᵉʳ** non insérées dans la *Correspondance* (1ᵉʳ août-18 octobre 1813). Un vol. gr. in-8°. Berger-Levrault, édit................................... **12** fr.

www.ingramcontent.com/pod-product-compliance
Lightning Source LLC
Chambersburg PA
CBHW071109260626
47162CB00006B/2273